伊沙———著

詩國
不堪回首
月明中

詩歌也是挑戰（代序）
——伊沙詩歌簡論

唐欣

　　1990年，正值二十四歲本命年的詩人伊沙，寫出〈餓死詩人〉一詩，以一種決絕與決裂的方式，向既有詩歌秩序發難並挑戰。因為「你們」，他宣判——「那樣輕鬆的」「複述」，是無藝術難度，無獨特發現的慣性寫作，而「你們」複述的農業，更是一種與自己的生存脫節的、充滿錯亂和悖謬的虛擬：「城市最偉大的懶漢／做了詩歌中光榮的農夫。」所以，他呼籲：「餓死詩人」。這在不期然間預言並命名了一個時代，那種建立在農業社會基礎上，以虛幻抒情為主要手段的詩歌已經失效，已經行將作廢了，詩人倘若不想被餓死，必須開闢新的空間。這首以後變成讖語式經典的詩歌也顯示了伊沙的個人特點——把話說絕並以「藝術的雜種」自命。的確，這正是以後他的個人特徵和個人命運。

一

在伊沙的詩裡，僅看標題我們就會驚訝他選擇題材的挑戰性：結巴、占卜大師、野種、夜行者、假肢工廠、強姦犯、陽痿患者、危樓、叛國者、女囚、煙民、收屍者、太平間、廢品店、中國朋克、食素者、公共浴室、菜市場、酒鬼、嫖客、竊聽者、朋友家的廁所等都進入了他的視野。顯然，在不成文的文學等級裡，這些闖入者顯得粗暴、可疑，來路不正又身份卑賤，這是為以往的詩歌秩序排斥和拒絕的，不被認可更不能接納的毫無詩意甚至反詩意的事物，但這也是九〇年代以降中國的現象學。伊沙選擇這樣的出發點，他的眼光，他的趣味確乎與眾不同。很難想像，出身高級知識份子家庭，畢業於北京師大，接受過良好教育的伊沙何以會以這樣一個「陌生」的世界來震驚詩壇並激怒讀者，大概是他意識到「邊緣」的、另類的世界和生活本身，即是它無須辯護的存在理由。相對於各就各位、安排就緒的主流社會，相對於已淪為程序和套路的文學規範，這些混沌而混濁，粗野和粗放的「無名」社會，反而有一種原初的、本然的，更貼近生存和生命的生機勃勃、喜氣洋洋的智慧。伊沙在此吸取的、乃是生活的充沛元氣，這是構成一個詩人動力結構的基本要素。而且，它們也幫助伊沙發現並意識到自身蘊含的這種旺盛、健康的生命活力。這種選擇本身，就已具備了造反的、起義的、革命的品質，就已具備了刺

耳的、刺目的、咄咄逼人的、亂糟糟的危險特性，同時也具備著一種熱鬧的、狂歡的、明亮的民間喜劇精神。正如他自己說的：「歷史寫不出的我寫。」可以說，中國詩歌九〇年代，伊沙正是一位傑出的、敏銳的紀錄者和闡釋人。

接下來幾乎是世界文化史和世界文學史上常見的「痞子與紳士」故事的翻版。在代表等級、秩序和既得利益的「紳士」們看來，張牙舞爪、橫衝直撞的「痞子」簡直就是一種褻瀆和破壞，是一場災難。但令他們吃驚和難堪的是，他們的「完美」、「高雅」居然不堪「痞子」們的輕輕一擊，而「痞子」們那些生氣旺盛、粗糙甚至「反動」的作品反倒很快登堂入室，進入到新的經典和傳統的行列。這曾經是拜倫的經歷、金斯堡的經歷，也是伊沙的經歷。他的那些「非詩」的詩歌，帶著壓抑不住的力量，迅速招來非議和批評，也招來大量的追隨者和模仿者，並成為不容忽視的詩歌現象，使得先鋒詩歌的內部格局、關係和方向發生了變化。

二

蘇珊・桑塔格在〈文字的良心〉一文中指出：「作家的首要職責不是發表意見，而是講出真相」，「以及拒絕成為謊言和假話的同謀。文學是一座細微判別和相反意見的屋子，而不是簡化的聲音的屋子。」[1]這也正是當代詩人的使命。新的現象要求新的、一種包含智性的透視學，換言之，詩人的世界觀同時也

將是他的認識論。伊沙正是這樣把一種喜劇的眼光，一種笑聲，一種謬誤推理的策略引進了當代詩，這也成為他獨有的貢獻。

　　「資產階級／用裹著糖衣的／炮彈／將我們／打翻／這是論斷／／事實上／無產者也不是／可欺的／兒童／／我們趴在／巨大的／糖彈之上／吃／厚厚的糖衣／將他們／全都吃光／然後四散／逃走／／然後／遠遠望著／赤身裸體／嬰兒般／天真的炸彈／聽個響兒」（〈事實上〉）。從悖論出發，從錯誤介入，這種我不知道我相信什麼，但我至少知道我不相信什麼；我不知道我贊成什麼，但我至少知道我反對什麼的言說方式有著看似輕巧卻深刻有力的優勢，有一種從關節點的細枝末節處摧毀堂皇大廈的特點，更有一種四兩撥千斤的機智。尤其是，建立在「把無價值的毀滅給人看」（魯迅語）的喜劇思維上的嬉戲式的批判，更有著一種在以往的詩歌裡前所未有的快樂和犀利。在此，我們繞到了事物的背面或側面，從反向或逆向重新審視，原來世界不是我們知道的那樣，也不是我們想像的那樣。在此，喜劇性不惟是一種觀照的角度和習慣，一種認識論，它本身也成了對象世界的某種結構和本質。所以，笑聲照亮現實，笑聲勝過雷鳴，笑聲使世界豁然洞開。而這一切，正是為已有的和既定的意義系統所遮蔽，所掩蓋、所壓抑的，這些發現在某種程度上也是顛覆，翻轉和修正：「一個酒鬼／在嘔吐　在城市／傍晚的霞光中嘔吐／在護城河的一座橋上／大吐不止　那模樣／像是在放聲歌唱／……我想每一個人都有

其獨特的／對生活的感恩方式」（〈感恩的酒鬼〉）。而借助已有的非詩類文本順勢進行戲仿，也會在這種互文的滑稽性效果裡，生發出新的意義：「我不拒絕　我當然要／接受這筆賣炸藥的錢／我要把它全買成炸藥」（〈諾貝爾獎：永恆的答謝辭〉）。「這是一幫信仰基督教的農民／問題的嚴重性在於／他們種植的作物／天堂不收　俗人不食」（〈中國詩歌考察報告〉）。我們注意到，這裡的詩性是建立在「硬」的事實之上的，這是事實上的詩意，即翻譯和轉述也很難損耗和減弱的詩意。而它又嚴重擾亂了我們的內心秩序，讓安全的地面搖晃起來，出現巨大的裂縫，它迫使我們開發和動用我們潛在的另一套思維，我們不妨說，這是一種危險的思維，但也是自由的思維，解放的思維。

三

與第三代詩歌裡相對平緩的敘事語調，線性結構，較為客觀的描述以及語言上常見的「零度風格」不同，伊沙在自己的詩歌裡，特別凸現出一種生命力的奔湧、健康個性的表達和對語言的遊戲性原則。事實上，作為後來者，他也是第三代詩歌語言的一個集大成者，這成為他寫作的起點和基礎。他認為，詩歌也是競技：「他說：你的目的／是要用最少的動作／即最短的時間／把球送到對方／最危險的地帶去」（〈一次性觸球〉）。這也可以看作是他的藝術原則。出於天性中對平庸的

厭惡或蔑視，也「因為在語言上獲得了某種天賦」，對漢語這種「高度詞語化和高度文人化的語言」，伊沙表示，「對母語有抱負的詩人將改造它，將其從詞語的採石場中拉出來，恢復其流水一樣的聲音的本質」。[2]他的詩追求效果，體現出一種他獨有的鋒利、速度和爆發力。在他的名作〈結結巴巴〉裡，他由口吃這一特殊的生理現象，看到了某種個體言說的困境，他進行的是將錯就錯，以毒攻毒的實驗，這種語感不僅帶給人全新的體驗，而且更有一種拗體的快感：「結結巴巴我的命／我的命裡沒沒沒有鬼／你們瞧瞧瞧我／一臉無所謂。」尼采曾經說過：不應歪曲我們的思想來到我們的頭腦中的實際的方式，而自《朝霞》開始，他所有的書中，所有章節都是用僅僅一個段落寫出，「這是為了讓一個思想一氣呵成，是為了讓它以當它快速地，舞蹈式地向哲學家跑來時所表現的那樣固定下來」。[3]伊沙的方式正與尼采相仿，他以一種乍看上去不乏粗糙、潦草、簡單的形式來「說話」，但這種脫口而出的口語正是最直接、最切近、最鮮活的母語，它既有簡捷、率直、狂放的特徵，又包含著當代精神，與都市生活的明快合拍，同時它語言的音樂性、結構的戲劇化，對節奏、迴旋、韻腳的講究，也有著別人無法模仿的，不著痕跡的技術。伊沙這些多由短句構成、鏗鏘有力、兇狠、透闢，有很大迴旋餘地和想像空間的詩歌，其實已不只是日常語言，它是日常語言的華彩，巔峰和高潮體驗，它給九○年代詩歌注入了新的快感和衝擊力，起到

了一種重新帶動的作用。畢竟，充滿魅力的語言和富於創造性的形式，是可能喚醒潛在的詩人和表達欲的。

　　進入新世紀以後，人到中年的伊沙以同代人中罕見的職業狀態和職業精神展示著他的「個人進行時」，他的詩，內容更加龐雜，取諸回憶、經歷、現狀、時評、感想等等，不一而足；情感更加複雜、豐富和沉重；形式卻更加隨意、輕靈和散漫；他的新作讓人聯想起魯迅雜文的狀態，依託具體的情境，闡發具體的智慧，一語中的，一語道破，一語成讖。他是中國詩歌領域少有的既貢獻出獨特的詩歌作品，也貢獻出獨特的詩人形象的詩人，與那些自稱戴著面具的寫作相反，他似乎從來都不覺得有掩飾自己的必要，這就是他的〈原則〉：「我身上攜帶著精神、信仰、靈魂／思想、欲望、怪癖、邪念、狐臭／／它們寄於我身體的家／我必須平等對待我的每一位客人。」而在此之前，也沒有誰這樣展示自己〈靈魂的樣子〉：「你是否見過我靈魂的樣子／和我長得並不完全一樣／你見過它　有點像豬／更像個四不像／你是否觸摸過它／感受過它的肌體／我的靈魂是長了汗毛的／毛孔粗大　並不光滑／你繼續摸下去／驚叫著發現它還長著／一具粗壯的生殖器。」而一旦拆除和打通了自我的隔離之牆，「真相使你自由」（〈夢中名言〉）。這時候怎麼寫怎麼有，都成了既有「輕舟已過萬重山」的飛馳感，又深藏著確切性的詩歌，並作為新世紀詩歌的獨特聲部，開拓著中國當代詩歌的新的空間。

四

伊沙在一首短詩裡曾這樣寫道：「為什麼／別人只見我／體內的娼館／而你總能發現／我靈魂的寺院／並且／聽到鐘聲」（〈非關紅顏也無關知己〉）。2003年，他的長詩〈唐〉向人們展現了他的另一端，在這首可與蘅塘退士那本著名的《唐詩三百首》選本互相印證和比照的長詩裡，伊沙把自己的「來歷」和淵源上溯到一千多年前的唐朝和唐詩，這與他那些關於「現世」的作品遙相對應和並置，構成了他遼闊的視野和思路，也顯示了他整個作品系統內部的張力和某種靈魂的寬度。伊沙的〈唐〉，正完成於唐代被稱為「長安」的城市，正完成於自己的又一個本命年（三十六歲），它可以說出現得既意外（在向前走的現代化進程和向西看的全球化進程之中）又順理成章（我們也該回顧和清理一下了，否則前瞻和創新都將不可能），它向我們展示出傳統以及傳統的綿延、生長和變化，也展示出當代生活的背景、淵源和容納力。它還促使我們糾正自己的思維慣性和錯覺——實際上，一個後現代的詩人未嘗不是唐人的知音，同樣，一個擅長解構的詩人也未嘗不能建構。

伊沙並未受制於西方人二元對立的思維模式，他追求的，是另外一種更融洽、更和諧的交流和互動，是一種「影響的焦慮」之外的愉悅、彼此欣賞和推杯換盞。在〈唐〉中，伊沙遍邀唐代的各路詩人，忘年之交，血親相認，是不拘禮數和俗

套，不分時空和身份的放鬆、親切、時有笑鬧的朋友聚會。這正是大多數人習焉不察的入口，裡面是通向唐朝，連接我們相互身體和聲音的大道。伊沙的「與舌共舞／與眾神狂歡／與自由的靈魂同在」（〈唐〉題記）就此開始。

　　詩人之間的對話總是精彩的，尤其是當雙方都是高手的時候，尤其是當雙方都狀態奇佳的時候。這不光是詩學、境界和技藝的討論，也是人生，抱負和命運的討論，也許這本來就是一回事。「而想見的人／總是能夠見到／那也是因為／想見得狠了」（以下未注明的引詩均出自〈唐〉）。這裡面一種兄弟般的心心相印和惺惺相惜。但在體貼入微，別有會心之余，也時常有撥轉馬頭，分道揚鑣，雖然「太陽滾滾而來／歧路爬滿大地」情況依舊，但伊沙對詩人命運的理解，似乎變得更悲觀和透徹，也更輕鬆和決絕，這當然是時代的饋贈：「這才是我的詩經／他引我從業／並為之獻出所有／卻將我引向必然的失敗」。「大道如青天／甘願不得出」。另外伊沙的興趣點和注意力還特別集中在詩藝上面，著迷於技術細節，反溯、還原並想像一首詩的誕生過程，可以說，詩人的「段位」由此拉開：「是王維的手藝／讓我相信了他／我不相信／這僅僅是手藝／我該相信做得最巧的／還是說得最好的人」。他喜歡在姓名前像唐人那樣標明「長安」，這不僅是心理暗示，也是真實感覺：「長安東郊清新的早晨／我曾那麼熟悉」。但他也補充了唐人忽略的：「空氣中還有一縷／田間糞便的氣息」。這不

只是接著說，也是對著說。他有時直接用原文，有時轉譯為白話，有時加以引申；有時讓它偏離、拐彎、走入絕境；有時略作評點，稍加戲謔；有時乾脆另起一行，重頭再來。這樣，文言和白話，古代氛圍和時代感，唐朝和當代中國互相撞擊、互相生發、互相照耀，再加上伊沙本人獨有的、按捺不住的遊戲天性、喜劇眼光和良好的對位感，使得我們在閱讀中得到少有的興奮和享受。還有一個重大的區別是，如果說唐詩還多半屬於剝離的詩，提純和淨化的詩，那麼伊沙則是把生命中遭逢的一切都納入並轉化為寫作資源。「要讓我的〈唐〉灌滿我個人現實的風」。作為長詩，〈唐〉的晶體式結構也給我們以啟示：即讓部分閃耀並映照整體。

考慮到這是一位不斷給人帶來驚喜和意外的詩人，我們無法也無須預測他的未來，但我們可以有足夠的理由期待。

注釋：

[1] 蘇珊・桑塔格，《書城》雜誌，2002年第1期，第92頁。
[2] 伊沙，《伊沙詩選》，青海人民出版社，2003年，第6頁。
[3] 弗雷德里希・尼采，轉引自米蘭・昆德拉，《被背叛的遺囑》，上海人民出版社，1995年，第137-138頁。

詩國不堪回首 月 明中

目次

詩國不堪回首 月 明中

看英國電影《女英烈傳》

那是個有陽光的上午
你的小女兒走在唐寧街上
倫敦那些謝頂的樓群
她沒有看見
她不知道
昨天發生了戰爭
踩著陽光
走進白金漢宮
她不知道
那些先生們為何面無笑容
給她脖子上掛上
一枚銀色的喬治勳章
那是要交給媽咪的
她很高興
像隻小鳥飛回家去
她要告訴媽咪
這些有趣的經歷
媽咪肯定回來了

帶回巴黎最小號的時裝
過去每回都是這樣
她始終沒看那枚勳章
媽咪就在上面
微笑著諦聽
她躍動的心房
並想伸出手來
撫平她頭上
揚起的羽毛

（1988）

北京別

樓道裡空掉了
再沒有許多鞋
打那兒遊過
再沒有一支粗糙的歌曲
叫人憂傷一會兒
連踢得很遠的空罐頭盒子
也無法獲得回聲
宿舍裡只你一人
他們全都走掉了
在那個你不願想起的夜晚
乾脆地走掉了
留下你獨守空房
從上個早晨到這個黃昏
倖存者就是逃亡者
在六月第四天這柄鋒利的刀刃上
你喋血滑落
只好夜夜失眠
沒人會來告慰你的孤寂

安妥你的靈魂

伊沙　回到長安去吧

在一個新鮮的早晨

它會為你打開城門

儘管　一個王朝的太陽

曾在此隕落

你初戀的情人

也死在那裡

可它仍舊是你的家鄉

伊沙　回到長安去吧

開始生活

日後管你出人頭地

還是默默無聞

哪怕淪落街頭

都將記住

你還擁有長安

這座沒有失陷的城池

（1989）

保衛薩拉熱窩

大地在顫抖
彷彿天空在燃燒
瓦爾特
當你佇立橋頭
聽教堂鐘聲
一記記鍛打著
殘垣斷壁
在黨衛軍旗幟的撫摸下
故城已變成一片廢墟
瓦爾特
你就知道你所使用的
不再是一句暗語
需要保衛的
也不僅僅是
淪陷的土地
而是風
能否自由通行
在失陷的街巷之間

在空掉的
房間與房間之間
哪怕只剩下
最後一隻壁虎
也說著塞爾維亞語言
也許在一場爆炸之後
只留下飛翔的蚊子
但還是要將自己點燃
瓦爾特　瓦爾特
大地在顫抖
彷彿天空在燃燒

（1989）

1990

最重大的事件是在電視裡
一個守門員衝出了禁區
他想盤過前鋒沒過去

（1990）

我想地球又病了

地理老師說
古巴是一隻糖罐
加在我兩歲牛奶中的
那勺白糖
溶解成一場疾病

我想地球又病了

今年夏季
送給科威特大亨的
伊拉克蜜棗裡
裹著幾粒
羊屎蛋

（1990）

號外新聞

躺在水晶棺中的胖子
不見了
世界一片驚恐
人群議論紛紛

原來
他是被沙特王子擄了去
大頭大腦的皮娃娃
有史以來最昂貴的玩具

（1991）

歡迎歡迎熱烈歡迎

「今天下午停課，全體
到火車站廣場附近

歡迎來訪的金日成主席」
長得像一塊乾麵包似的班主任

宣佈說：「男同學都穿學生裝
女同學儘量穿得漂亮……」

那天女同學穿得真漂亮
我忽然愛上了不止一個

「看！看！金日成來了！」
看見的是一輛輛黑色的紅旗轎車

「聽說，金日成有倆老婆
這次只帶來了一個」

「誰在胡說？誰敢胡說？」
「歡迎歡迎！熱烈歡迎！」

我們還歡迎尼古拉・齊奧塞斯庫
他在六年前被人民所殺

（1995）

光頭行動

我們都剃了光頭
頂著太陽橫穿大街

像兩盞高瓦數的街燈
通足了電——亮啦

你說：更像是兩個雞巴
你是指剝了皮的龜頭

你是把世界當女人看的
就算它真是個娘們兒

這頭母豬也不是你我
二人所能操得動的

（1995）

那隻壁虎

爬行於童年
夏夜紗窗上的
那隻壁虎
令你感到恐懼
和厭惡

你玩命撲打的結果
是打斷了
它的尾巴
又被它自行接上了
只留下一點血跡

這是你有生以來
遭遇的第一場失敗
令你感到委屈——想哭
可你也學會了怎樣
使征服者感到不舒服

那是後來
你在胡同裡挨揍
被大孩子打出了鼻血
激起你瘋狂地反撲
你要把鼻血揩在他的臉上

童年堅強地成長
與你遭遇的動物相關
那傢伙應該有毒
那隻悄然爬過夏夜的壁虎
像條鱷魚已然成精

（1995）

傷口之歌

我對傷口的恐懼
　　　是發現它
　　　　　像嘴
　　　　　吐血

我對傷口更深的恐懼
　　　是露骨的傷口
　　　　　齜出了
　　　　　它的牙

我的周身傷口遍佈
　　　發出了笑聲
　　　唱出了歌

（1995）

案例

I

你所面對的嫌疑犯
是一個
任何現場都不在的人

那麼——他在哪兒？

II

孩子！

一個目擊的孩子的供詞
佈滿疑點
形同黴斑

探長摸到孩子
鬆散的鞋帶
誤以為——

線索！

III

比黑夜更黑的
是我的睡眠

一個夢遊者的漂泊
是一支小夜曲

該死的女人叫了
叫響了警笛

IV

探長在檢查
死者的傷口

特定型號的彈孔
卻找不到彈頭

漂亮的謀殺
到了極致

探長不寒而慄
警徽叮噹墜地

（1996）

香港1997

你窮
就賣掉了自己的孩子

做母親的
不要說他是
被強盜擄去的

回來了
當年那個頭插草標
被賣掉的孩子
回來了

西裝革履
油頭粉面
小紳士
坐在你面前

我彷彿聽到他說

「我做了生我的
父母家的新客了」

（1997）

笑容可掬

據說女人眉間的距離
和她們某個地方的寬窄一致
據說男人鼻子的高低
和他們某個零件的大小一致
據說生兒還是生女
是由男女雙方某項能力之比決定的
當我在不同的時間不同的地點
從不同的人嘴裡獲取了上述知識
我就整天笑瞇瞇的
笑瞇瞇地看著某個男人
笑瞇瞇地看著某個女人
笑瞇瞇同時看著
一個男人和一個女人
這個男人
這個女人
這個男人和這個女人
我曾笑對的每一個人

他們全都以為
我對人類的態度變了

（2001）

柔和七星，柔和七星
——致一位逃亡海外的學運領袖

我不喜歡她生就婊子的作態
她也厭煩我假冒君子的德行
當時代的風暴從天而降
她革命
我彷徨

可是那一天
當這個身處革命高潮中的姑娘
臨行前甩給我一盒柔和七星
頭也不回地去了
我總覺著其中有點什麼意思

通緝令上未睹她的芳容
傳說中也沒有她的消息
那盒柔和七星
被我和幾名男生分食
從此我再也不抽這個牌子

（2001）

一句歌詞

我曾用心愛著你

當陰莖和陰囊同時收縮
像嬰兒的一樣乖
像嬰兒本身一樣安詳
像卡通天使
長著一對小胖翅膀
而我則像一個
修過十年縮陽功的僧人
操控著這一切
讓血液上湧
全供到心臟

那時我曾用心愛著你

（2002）

誤讀的故事

她在船上有過一次邂逅
遇著的紳士
風度翩翩
體格強健
夜行船在顛簸
不為風浪的手
為他們浪漫的愛
以及精彩的做

第二天
她隨那男人上船
卻在港口目擊了
一列麻風病人
一張張破布半掩的
駭人的臉
激起心中的萬千悲憫
那一刻她有了一個
新的決定

這個女人
離開了她的男人
和她的情欲港灣
隨船繼續前進
去了麻風島
作為一個身懷大愛的志願者
在那裡度完了她偉大的一生

——不，不，以上這個故事
出自我荒謬大焉的誤讀
事實真相她不過是個病人
原本就是去那麻風島
接受秘密的治療
她沒有讓那男人染病的細節
純屬瞎編
完全是虛偽的敗筆

（2002）

中秋花好月圓之夜聽一個孩子談愛情

風景時刻都在改變
改變的不是那
亮度比圓度
更為突出的月亮
而是周圍的雲彩
在浩大的星空下
一個十歲的男孩
舉頭望明月
他說：愛——情！
他說愛情
就是一顆心
砰砰砰地跳
他說愛情
就是撲上去了
結果啪啪
得到兩個大嘴巴
我是這男孩
朋友的父親

坐在月光斜照的蘑菇亭下
我他媽都聽傻了呀

（2002）

目光延伸之處

我看見一輛白色的客貨兩用

我看見這輛挺舊的客貨兩用
正在大街上朝前開著

我看見它敞蓬的貨箱裡
一半裝滿油污的空桶
另一半的空間裡坐著一個人

我看見那是一個
空桶般油污的男人
嘴裡叼著一支過濾嘴香煙
滿身尋找打火機

我看見了他的打火機
——不，是一盒火柴
他劃著了火柴

點燃香煙的瞬間
我也隨之憑空吸了一口

我看見這個舒服的男人
幸福得目光迷離
也注意到他身後的雙排座上
只有開車的司機一人
那個司機　那個司機
為什麼不讓他坐進去

我看見了不平等
就覺得幸福已經不在
不管那支煙吸罷之後的
這個髒男人已經睡得香甜
靠著髒桶沐著春風
那個司機　那個司機
或許僅僅只是感覺他該在那裡

（2002）

非典新聞

大疫當前
病毒彌漫
讓人揪心的是
每天都有人死
我的國家電視臺
昨天播報的
一條新聞說
因防範及時
措施得當
動物園裡的
動物都很
安全
安然無恙
活得挺好
不是沒聽見
但我很平和
主要是會算
這樣一筆帳

這些畜生的小命
確實比人的值錢

（2003）

托翁罵我

像去年欣賞世界盃似的
我在國家電視臺一頻道
收看伊拉克戰爭的現場直播
惟恐戰況不夠激烈

六頻道中有電影
我在戰爭的間歇
插播廣告時注意到
托翁《安娜》的好萊塢版
一個觀賽馬的老貴婦嚷嚷
「我要是住在西班牙
就天天去看鬥牛」

這晚大大不爽
無法為戰爭而爽
棺材裡的托翁罵了我
還將我噁心成屎

（2003）

戈巴契夫

我在想一個人
不知道這些年
他都在做什麼
過得好嗎

我在想一個人
這個人在1989年
來過對我而言
最後的北京

我在想一個人
我替我的領導人
感到不好意思見他
他令偉人不再偉大

我在想一個人
我在想他的時候
他就出現啦
在電視裡

我在想一個人
這些年他走遍世界
死了老婆
對亡妻一往情深

我在想一個人
他的禿頂上有紅星的胎記
被中國人認定是顆災星
他卻很在乎愚民一族的看法

（2003）

粉色江山萬里長

本月之內
有兩位友人
在夜半三更時分
忽然打來電話
將我驚醒
他們口氣神秘
精神緊張得
像是革命年代的
地下工作者

我可以向
睡在紀念堂裡的
毛主席他老人家保證
他倆都不是
什麼地下工作者
只是兩位
年輕的詩人
正常地活著

一心想著

把詩寫好

把母語整漂亮

祖國啊

我又得跟你抒把子情[1]啦

那麼多年過去了

你的大好江山

已經由紅變粉

怎麼還沒找到

起碼的安全感

還在幹著

把鴿子錯揪成恐龍的事

難道說祖國蔚藍的天空

不需要有白鴿與天使

美麗地飛過嗎

（2004）

注釋：

[1] 抒把子情：意指抒一下情。

本詩有寄無址

逃亡的人
你要知道
為你真心祈禱的人
總不會有
幸災樂禍的人多
這才是真正的逃亡
你要以此作為
逃亡中的信念

逃亡的人
你要相信
一直向前走
終有一天
你會回到
你背後的家園
過去的自己
現在站在前面

逃亡的人
你要記住
在任何時刻
都不要咒罵
自己的祖國
對一個詩人來說
祖國不是旗桿
甚至不是山河
僅僅是我們舌根深處
那帶有濕度和溫度的
自由的母語

（2004）

越南的憂鬱

一
雨打芭蕉
不見有淚滴落
只留下這些
濕漉漉的靜物

越南是憂鬱的

二
我在深夜裡
看陳英雄的電影
發現一個
憂鬱的越南
想起我記憶深處的
那些黑白影片
銀幕上下著雨

三
我曾在一首長詩中寫道：
「戰爭是否真的浪漫
她握槍的姿勢很好看
像在彈一把豎琴」

寫的是《回故鄉之路》
寫的是令我黯然神傷的
越南美人

四
我想向我的一位
去過越南的朋友
求證越南的憂鬱
想一想又做罷了
我的朋友
不是一個憂鬱的人
關鍵是他不是一個
能夠感知憂鬱的人

五

說什麼「雲的南方」
越南是雲的南方的南方
是雲之國的邊疆
雲之下
一條大河奔流入海

六

有人將此比喻成
一條濕潤的陰道
精彩的是：美國
這根到處亂戳的雞巴
在此遭遇的那次骨折
從此那個自命不凡的男人
便有了嚴重的性功能障礙
一如歐尼斯特‧海明威

七

我豈敢小瞧
這裡的男人

只派民兵就把我多少的同胞兄弟
打成了一山坡一山坡的墓地
那全是我們自找的呀

我不說「哀兵必勝」
我想說：憂鬱的男人
是最勇敢的戰士

八
越南是憂鬱的

雨打芭蕉
不見有淚滴落
只留下這些
濕漉漉的靜物

（2004）

向導演致敬

話說在一個大雪天裡
兩名歹徒開著一輛車
把一個有錢人的老婆
綁架到森林深處的小木屋

在不斷地打電話
和那有錢人交涉之餘
在無聊的等待之中
兩名歹徒開始對付
一台破舊的電視機

電視中雪花飛舞
怎麼調也調不出圖像來
心浮氣躁的兩人急了便玩命拍打
拍打、拍打、拍打、拍打
直到把這電影的畫面都給拍黑了

我以為那意味著——
把電視機給拍爆了

下一個鏡頭是
電影的畫面中充滿了
那台電視機的畫面
好萊塢的黑白老片
好像是《魂斷藍橋》

兩名歹徒
端坐在電視機前
已經看得
痛哭流涕　相擁而泣

（2004）

我愛美國電影

在那部忘記了名字的電影上
在那家再平常不過的咖啡館裡
一個老太太逼著一個糟老頭
說出一句讚美她的話
老頭很不耐煩
但又十分認真地說
「親愛的，你有德州最漂亮的私處」
老太太聽了
幸福得跟個小姑娘似的

（2005）

酷夏

有個老頭騎在單車之上
在大馬路上
緩緩騎行

不遠處的電子大螢幕上
顯示出此時的地表溫度是
攝氏四十四度

那是一個得白化病的老頭
（他有那樣的一張臉）
我懷疑他這麼幹——

是為了曝曬
他的皮膚
出於某種治療的需要

可是，他頭上的
那頂草帽
打消了我的懷疑

那麼，就是因為……
我快要悲憫了
我就要悲憫了

還好！坐在空調車上的我
在狗日的悲憫中暑般發生之前
已被來自體內的自卑掩埋

那廣告上說什麼來著？
「六十歲的人有顆三十歲的心臟
三十歲的人有顆六十歲的心臟」

（2005）

滅蚊燈

滅蚊燈
就像是一盞燈
在夜間打開時
會發出鬼火般的光

我不知它是何時
被何人所發明出來的
只看見它在今年夏天
進入了我的家

妻說：即便是電蚊香
所散發出的微弱氣味
也會有害於健康
於是滅蚊燈便取而代之

飛蛾撲火
飛蚊撲燈

可憐的蚊子在此撲向的
是燈罩狀細密的小電網

於是，在這個夏天
我每天早起都會欣賞到
幾具蚊子的屍體
保持著耶穌的姿勢

（2005）

導彈與詩

我離家之前
對兒子說
今天晚上
爸爸要去
二炮工程學院
給一幫學造導彈的
學生講詩
你需要做的
就是老老實實
呆在家裡
等著你媽回來

這個晚上
我離家之後
兒子的思想
不免有些困惑
他想不明白
他的只會講詩的爸爸
怎麼配給

將來要造導彈的人
上課
導彈是多牛的東西呀
詩不就是床前明月光嘛

三小時後
我回到了家
妻子已回來
兒子還沒睡
他問我
見著導彈沒有
我說沒有
我說見著錢
就可以了
我將一名大校
給我的信封
交給了兒子
他數了數裡面的鈔票
然後對我說
爸爸，下回你去給
造原子彈的人講
給的肯定更多

（2005）

烏鴉

三月到
花未開
鳥飛來
有一隻大鳥
停在小區花園中的
一棵矮樹梢頭
正好被走下樓來的
你我撞見
黑色的鳥
最黑的是眼珠
炯炯有神
全身上下
都是一副
很精神的樣子
它暗藏的活力
叫人不安
你我面面相覷
都張開了嘴

但卻並未出聲
我們都讀懂了
彼此的唇語
那是在叫著它的
鼎鼎大名
而這隻鳥
也並未發出它那著名的叫
安詳肅穆得有如天使一般

（2005）

中國人的清明節

也許是因為沒有
站在上帝面前的習慣
我們也就不會
站在死者墓前
垂首默哀
念念有詞

哦!這就是我們中國人
我不驕傲
但很自在
清明節這天
雨過天晴
我和我的家人
圍坐在
庭院一般的
先祖的墓園裡
就像在家庭的晚宴上
那樣正常地說話

彷彿他們都還活著
聽得見
並且以沉默作答
獻上的供果
最後被孩子吃掉了
據說這會有福的

清明
對我們中國人來說
是用來郊遊和踏青的
春天的節日
和漫山遍野的
鬼魂一起

（2005）

瘋子遍地

我的美國朋友
來西安遊玩的第一天
就碰上了兩個瘋子
他和我走在
去吃晚餐的路上
將白天的這番遭遇
告訴我時
迎面又碰上了
這一天裡的第三個瘋子
張牙舞爪就過來了
後來的幾天中
我一直想找個機會
告訴我的這位朋友
我的國家
我的城市
其實並沒有這麼多的瘋子
是你運氣不好撞上了
但終於還是放棄

因為某夜上網
一不留神
我就一頭紮進了瘋子堆裡
多年以來皆如此
只是我已麻木

（2005）

黑暗中的光明

那是我所穿越的黑暗歲月
那是我所經歷的寒冷冬夜

躲在自己的小屋裡
讀一本港版的《哈威爾選集》
打動我的不是他的劇作
而是他首次當選捷克總統後不久
在電視上所做的〈元旦致詞〉
他說：「同胞們、公民們
以往每年都會有一個人
坐在我今天的位置上
欺騙你們說……」

這本偶得之書
像冬天裡的小電爐
伴我度過三個夜晚
讓我在黑夜之中
看見了幾絲光明

我對它充滿感激
但也暗自慶幸
在時代的黑暗中
我被光明所感
又不為光明所惑

哈威爾讀讀也就還了
那個冬天——我的枕畔
睡著米蘭・昆德拉
小屋牆上的肖像畫裡
海明威老爹目光如炬

（2006）

敍述（不是敍事）

他和她
是住在同一座院子的
同一間小房裡

事實上
他倆是一對同居的男女

吃飯的時候
她總是讓著他
為了讓他吃飽
自己不吃都成

我因此而瞭解到
她和他原來竟是
母子關係
她是他的媽

他看起來比她高大
但卻是她的兒子

這個挨千刀的兒子
竟然在光天化日之下
在他們所住的小房外
把他媽給幹了

用的是
輕佻而歡快的後插式

他的媽也很快樂
此種跡象表明
這絕非強姦
無須報案

「畜生！狗日的！」
旁觀者罵道

可又有人說：
「誰說不是呢？
人家本來就是狗嘛！」

（2006）

我是良民我怕誰

人在路上行
每次
當我看到銀行門口
停著一輛押鈔車時
都會猛然駐足
繞道而走

但有那麼兩次
我發現得有點晚了
腳步收不回來
只好硬著頭皮
向前邁去
那副樣子看起來
不偷都像賊

儘管距離近得
已經能夠看清
士兵隱現在鋼盔中的臉龐

下巴上有幾根鬍子
還有那像一條耿直的蛇一樣的
陰森森的槍管
但我心裡還是有底的
因為我很清楚——

搶銀行的江洋大盜
我是絕對不像的
那得把全部的陰毛都剃了
再貼到臉上去

（2006）

熱浪中的理想國

我在烈日當頭的正午
去街頭暴走
一是為了繼續減肥
二是為了把自己曬黑
在氣溫四十度的這天
在中暑前的恍惚之中
我走著走著
就像走進海市蜃樓一般
走進了一座村莊
是位於城鄉結合部的
那種「都市裡的村莊」
哇噻！全村的人
幾乎都出來了
男女老少
堆在街邊
赤膊上陣
支著桌子搓麻將
安逸自在的

彷彿置身於理想國
身為詩人
我就要高聲地讚美了
說這是多麼偉大的世俗生活
中國人極富尊嚴的傳統生活
拒絕了現代化
我明明知道這是在自欺欺人
理想國的真相實在不難搞清
在如此這般的村莊中
一半家庭裝不起空調
裝了的一半
還想省那幾度電

(2006)

信仰

在一堆
嘴裡罵著錢是王八蛋
口氣卻像叫爺爺的
男人中間
我一眼就認出了他

他的身材像少年
他的臉上有清氣
面對無聊透頂的話語狂歡
懂得沉默處之
知道擇我而談

於是在這天晚上
在一堆肚子大得
像懷有七個月貝比的
酒肉之徒之中
我們交換著彼此
健康的生活方式

後來竟談及信仰問題
他說他是天主教徒
我說：「我搞不清
天主教和基督教的區別
但將天下所有的信徒
都視為同類」

「兄弟，那你皈依什麼教？」
「我？詩歌教！」
我總算沒有看錯人
他會意一笑說：
「是嗎？這可是一支本教啊！」

（2006）

神祕的高牆

高牆之下筆直的小道
是我步行的最佳選擇
每天必經之地

我最初的納悶始於
高牆之上的鐵絲網
——那玩意
通電了嗎？

牆角的崗樓
加深了我的懷疑
還依稀看見鋼盔、刺刀
士兵的臉龐

後來
還是街角擺煙攤的老頭
告訴我這裡就是
大名鼎鼎的女監

從此再從此處經過時
我的狗鼻子都要不由自主地
嗅上那麼一嗅
Si　Si　Si

連一絲女人的氣味都沒有！

再後來我就繞道而行了⋯⋯

（2006）

保羅・蒂貝茨

我蹲在馬桶上看報紙
隔著衛生間的門
衝兒子嚷道：
「在日本投下原子彈的
那個飛行員死了」

「是投下『小男孩』的那個
還是投下『胖子』的那個？」
兒子在外頭問
我仔細看著
那一則新聞
「是在廣島投下『小男孩』的那個
也就是投下第一顆的那個」

「我們應該悲痛
還是應該高興？」
兒子在外頭問

「我們應該紀念他
就算全人類都在
咒罵他
我們中國人
也該感謝他」
我對兒子說
又像是衝著門在喊

（2007）

冬日最後一隻蚊子

牠已經咬不動了
只能在夜間提供
一點小小的騷擾
發出的聲音
像嬰兒——不
是胎兒在哭

我曾很多次
毫不留情地
拍打過牠
其結果
只是搧了自個兒的臉
像個真正的傻子幹的

上帝啊
化身為死去的帕瓦羅蒂
高唱著〈今夜無人入睡〉

送我這個一貫好睡之人
一夜莫名其妙的失眠
只是為了讓我與它作伴

在寒冷的冬夜
我裹緊被子
讓它想貼在我脖頸上的企圖落空
後來我發現
它蟄伏在我頭髮的叢林裡取暖
得度這漫漫長夜

那一晚
我對牠說：「夥計
還有十五天就來暖氣了
看你能否挺得住
別無勝利可言
挺住意味著一切」

今天
暖氣來了
提前三天

是試暖氣的日子
我卻並未想起
這最後一隻蚊子

是衛生間裡的兒子
忽然叫了起來
「爸爸，那隻蚊子死了」
我跑過去
看見牠的屍體
漂浮在馬桶中的水面上

兒子說：「爸爸
我要為牠寫篇作文
你說牠的樣子用躍躍欲試
來形容可以吧？」
我回答說：
「用展翅欲飛更合適」

（2007）

孿生兄弟

曹峰和曹峻
是一對孿生兄弟
他倆都是我的中學同學

上中學那會兒
我經常將他倆認錯
兩人還故意逗我犯錯
分清楚的時候
我更喜歡開朗的弟弟曹峰
關係自然更好

我們在二十二年前的夏季
高中畢業各奔東西
曹峰在二十年前
在他就讀所在的蘭州某大學裡
因為搶了同學的女朋友
而被一刀捅死

二十二年以後
我才見到哥哥曹峻
就在上星期
在我家對面的巴味餐廳裡
我請他吃了一頓飯

我跟他面對面坐著
盡量避免提及他的亡弟
但我始終感到
我是和曹峰在吃飯
喝酒、抽煙……

這種感覺真好啊
就彷彿世界上
已經不存在死亡
死去的人還在這兒
四周景物也變得鮮亮多了

一不留神
我們面前盤子裡的香酥雞塊
迅速整合起來
昂首立於桌面並且打起鳴來

（2007）

刀

人在江湖飄
誰能不挨刀
但是
你要爭取
別讓他剁你
第一刀
因為一旦
挨了第一刀
你就有可能
變成一個
舉刀剁自己的人
形同一根筋之自虐狂
就像你在網上
常見的某些人一樣

你我上述的言語
令旁觀者聽得
目瞪口呆

毛骨悚然
以為咱倆嗜血
崇尚爭強鬥狠
其實他們壓根兒
就沒聽清楚
我們說的是
人與國家的關係

（2008）

奧運鸚鵡

那天我從外面回來
穿過小區大院
從一樓某戶人家的
陽臺前走過時
有個男中音衝我問話：
「你是奧運火炬手嗎？」

出於本能
我剛想開口作答
但發現情況不對
跟我搭訕的不是這家主人
──那個狂熱的體育迷
──而是一隻醜鸚鵡
鸚鵡不都是童聲嗎
怎麼變成男中音啦
與畜牲為善
我便如實作答：「不是。」

這隻鸚鵡不厚道
回報以：「不是——笨蛋！」

奧運日益迫近
這廝愈加活躍
甚至有幾分張狂
今天早晨看見我
竟操著一口流利的英語
（英語本來就是鳥語嘛）
One World One Dream
我這人報復心重
想起上次這廝罵我「笨蛋」
便隨口回了一句：Fuck！

然後它就一直在那兒罵：Fuck！Fuck！Fuck！
搞得院子裡那些已經把牠認作乾兒子的閑婦
逃得像地震了一樣快

（2008）

柏林1936

我瞎想
自己是站在主席臺的正中央
希特勒的位置上
反而能夠看得更加清楚
在奧運會所設的所有項目中
各個人種各顯其能
絕無優劣高下之分
怎麼能夠得出
日爾曼是優等人種的結論
問題在於他是政客
在一個喪心病狂的政客眼中
體育又算得了什麼
這個政客如此忘我
忘記了自己是全場
最為瘦小枯乾的一個鬼
還天生一副小丑的模樣

（2008）

奧運與地震

遺忘的理由多麼充足
遺忘的力量多麼強大
只需要三個月
一場可怕的災難
已經遠在天邊
那位獨攬三金的川籍選手
絕口不提家鄉的災民
誰還好意思提
那位雙手指天的乒乓教練
顯然也不是在指
天堂裡的數萬亡魂
老實說：我也忘了
腦忘
心忘
惟有身體不曾忘
一看跳水頭就暈
顛顛兒地去瞧醫生

血壓不高也不低
醫生診斷為：地震後遺症

（2008）

再遭拒簽記

未簽的護照
連同一封英文的拒簽信
比我腳步更快地
到達了我的家
四年以後再遭拒簽
從美國換成了英國

與上次一致的結論是
本人有移民傾向
（真是怨煞我也）
與上次有所不同的是
英國的簽證官比那美國的
做得有理有據
對我的嫌疑描述具體——

奧爾德堡詩歌節的邀請信上
寫得一清二楚
為其提供了確鑿的罪證

他們要為我的朗誦付費二百英鎊
簽證官認定：這構成了一種雇傭關係
也就違反了大不列顛的相關法律
而我即將在英出版的英譯本詩集
不菲的版稅構成了又一罪證
嗚呼！我人未出國
已在異國犯法

當然，這人皆有份的二百英鎊
絕不會讓其他國家受邀的詩人
遭致像我一樣的下場
讓這個已經舉辦至十屆的
國際詩歌節辦不成
那些來自美國、澳大利亞
愛爾蘭、南非等國的詩人們
是絕不會被英國的簽證官判定
有移民傾向而加以拒簽
（沒準兒還歡迎移民呢）

如此說來我便是為國承擔了
（金牌第一頂個屁用）
為那些賴在人家那兒死活不走

洗黑碗打黑工的不爭氣的同胞承擔
那就承擔吧
誰叫我是中國的大詩人呢

（2008）

毛

這些日子
我在讀一本海外出版的
毛澤東傳
每天讀上那麼幾章

有好幾次
讀著讀著
我竟啞然失笑
那是想起了
一位過去的老哥
我吃驚地發現
他在很多地方
都在刻意學毛
思維方式
說話口氣
表演習慣
我發現這樣的老哥
其實還有很多

充斥在我的四周
甚至於我的父親
也是其中的一個

讀到後來
我發現了自己
與他們有所不同
而更為可怕的是
我其實並未刻意去學
但竟然還是很像

（2008）

生活的默劇

平安夜
尚未降臨
此刻是黃昏
公車站上
候車的人
比往日多

一個少婦
引人側目
不僅是因為
她的美麗
而是因為
她在原地
模仿鴨子
來回踱步
憨態可掬

還好
在與群眾一道

懷疑她有病之前
我看到了
她左手中的唐老鴨玩具
右手中緊貼右耳的手機
人聲嘈雜
我聽不清
她在說什麼
但我看明白了

看明白的我
眼前豁然一亮
決定放棄等車
走回家去
街上張燈結綵
華燈初上
平安夜的黑暗
正在緩緩降臨
每增加一分
便是增加了
一分溫暖

（2010）

吾愛吾師

一卷錄音帶裡錄著伊的話
（被我聽斷了）
一冊筆記本中記著伊的話
（被我翻爛了）
「要我說這中國的作家
一個個都賤乎乎的
想方設法
千方百計地
去干預政治
你干預政治
政治就會干預你
⋯⋯
你要真有才華
那就寫出一篇
《老人與海》
它能把你怎麼著
行政領導看不懂⋯⋯」

吾聽懂了伊的話
當年吾還讀到過
史達林講過的
一句赤裸裸的話
大意是：
警告你們作家
不要干預政治
你不干預政治
政治都會干預你

我聽懂了伊的話
我也很聽伊的話
於是便成長為
現在這名作家
伊說完就完了
完全不是這麼做的
在政治最熱鬧
最有誘惑力的時候
一頭紮了進去
從此再難回頭

　詩國不堪回首 **月** 明中

伊半生所追求的真理
都在教吾的那一年裡
講完了
吾愛吾師
但吾更愛真理

（2010）

中美關係

老詩人啞默的詩
我不曾記住半句
但他在一篇文章裡
所講述的一件事
我卻一記多年
至今沒有忘記
說的是1972年
尼克森訪華
黑暗王國裡
祕密的詩人
在一張糊牆用的
過期的《參考消息》上
滯後[2]地獲知這一消息
興沖沖地衝出門外
走上街頭
走在山城貴陽
黑燈瞎火的街頭
喜形於色
一路狂走

必須承認
三十年來
我也一直很關注
中美關係
兩個大國間的關係
對一個小人物來說
真有那麼要緊麼？
究竟意味著什麼？
三十年來
中美關係起起伏伏
「在曲折中前進」
對我個人而言的感受
可以概括為以下兩點
兩國關係好時
我為中國高興
兩國關係糟時
我會從中獲得一種
莫名其妙的安全感

（2010）

注釋：

[2] 滯後：晚些時候，稍後。

海地地震

海地發生了地震
與前年四川的地震
是多麼不同
對我來說
它僅僅是條新聞
死了二十萬人
也不過是條新聞
我甚至
還有閒心玩味
太子港這名字
起得挺小資啊
還能記起來
多年以前
在這個地球上
最窮困最專制的國家之一
還出過一個吃人肉的暴君

是我所接受的教育
造成了我的內外有別
打小有人教育我做中國人
就是無人教育我做地球人

（2010）

詩國不堪回首月明中

在一部美國電影裡
監獄放風的鏡頭中
囚犯Ａ對囚犯Ｂ說：
「我的家鄉就像
弗羅斯特的詩一樣美！」

看到此處
我的心狠狠揪了一下
彷彿初浴的嬰兒
驟然攢緊的小拳頭

哦！把一個老文藝青年
記憶的寶庫查個底兒掉
我也查不出一部中國電影
別說監獄裡的囚犯了
就是士大夫或知識份子

我也不曾聽過
有人如此道來：
「俺的故里就像
王維的詩一樣美！」

（2010）

酒鬼聖徒

他是基督徒
也是酒鬼

一個基督徒
可以兼酒鬼嗎
不曉得
對於宗教和酒
我都比較無知

此刻他喝高了
大量酒精
湧入血液
令其通體發紅
像隻螃蟹
抑或聖徒

他說不了話了
語不成句

只剩倆詞
自口中蹦出
「上帝」和「酒」

他一會兒喊「上帝」
一會兒喊「酒」
他喊一遍「上帝」
便長高一分
他喊一遍「酒」
便長寬一分

最後
是一個紅巨人
以耶穌被釘之姿
掛在我面前
教訓我如何做人
如何處世

他最後一次喊「上帝」時
「上帝」被「酒」噴了出去
他哇哇大吐
一場惡臭撲鼻的雨夾雪

從天而下
雪花飄飄灑灑
小小的十字架

（2010）

家是我們一生的陰影

過大年的
總會有人從天而降
自電話裡冒將出來
聽我搬了新居
便要過來坐坐
祝賀喬遷之喜
他們一來
我便緊張
在自己家裡
心懷不安
如坐針氈
兩股顫顫
幾欲先走
一切皆因父親在
因為打小
他便給我定下了
不許招人到家的
規矩

如今我在自己家
心頭的陰影
仍揮之不去
像兒時
卡在喉嚨裡的
一根魚刺
刺拔了
痛還在
沒有平等
沒有尊重
沒有民主
沒有自由
書生坐而論道
習慣將矛頭
直指龐然大物
我差點都快忘了
這首先是我長大的
家

（2010）

讀人

五年前
我陪一位來自
美國的漢學家
遊我的老西安

在兵馬俑
自旅行團的外國遊客中
跳出來他的一個同胞
大呼小叫與之打招呼
令我驚訝
我問他：
「他怎麼看出你是美國人
而不是歐洲人？」
他回答：
「我們美國人
一看就沒文化」

在城牆上
又碰上一個團

我說：「我猜這是歐洲的」
他說：「是歐洲的

但是東歐的」
我一問導遊
該團果然來自保加利亞
我很驚訝
便又問他：
「你是怎麼看出來的？」
他若有所思地回答：
「他們的臉上
多了一點東西
一看就是被扭曲過的」

哦！我的漢學家朋友
他一定教會了我什麼
後來我兩度去過歐洲
都能在街頭問路時
準確地分辨出美國遊客
在去年諾貝爾文學獎得主
赫塔．穆勒女士臉上
我也讀到過那一點
多餘的東西

（2010）

紀念

街頭報欄前
空著
我步行到此
覺得該把自己
填進去
回到少年時代
騎車而來
立讀良久
滿載而歸
滿目紅色謊言
激發起的理想
也比目不識丁
大腦長草要好
但是此時此地
我已經不像年少時
那麼胸懷全球
放眼世界了
面對滿紙

信息垃圾
全然讀不進去
於是街頭
報欄前的站立
便成了一種
單純的紀念

（2010）

夜讀《三國志》

設使詩壇無有孤
不知當幾人稱李
幾人稱杜
幾人白居易

（2010）

天意如雪

也許是長安
少雪的緣故
我開始懷念起
今冬惟一的一場雪

想到的場面
是一家酒店的房間
一位江南來的詩人
用抒情的口吻說：
「我們必須承認
是伊沙把漢語搞軟了
漢語本來多硬啊！」

在場的我
驚訝於大酒後的他
還能把意思表達得
如此精準
穿過氣質的硬

抵達語言的軟
多水的江南
詩人們夢想的軟
誕生於長安

那天夜裡
我在回家的車裡
想到了一個詩人
對於母語的天命
過去我沒有
做到了就算有
今後也許可以
做到得——更多

車窗外飄下了第一朵雪花
像老天爺落下的一枚白子

（2010）

中國年

大年初一
我乘車穿過的是一座空城
目睹大疫彌漫之年的風景
在一片靜謐的城中心
我聽見了自己的心跳
哦！靜才是我族慶典的鼓聲

大年初二
我去附近的一家超市轉了轉
超市裡冷冷清清
不多的人們臉上像塗了一層油彩
那是罕見的單純的喜色
閃爍在同胞的黃面孔上

大年初三
為防暴食暴飲而造成體重失控
我恢復了往常每日一次的暴走
沿街店鋪大門緊鎖

惟有孤獨的煙酒店寂寞著
等不來一個煙鬼和酒鬼

（2010）

立春

立春這天
晚上
在高新區
瓦庫酒吧
我應老闆之邀
以粗壯的簽字筆
在一片仿漢代的
大瓦片上題寫道：
「今晚我們喝春天的酒！」

（2010）

角色

人生如戲
把你該扮演的
角色演好便是
該演主角時演好主角
該演配角時演好配角
這是道理

還是有一點特別的體驗
作為一名天生的主角
在偶爾客串並且
演得極好的配角裡
你找到了扮演主角的
最佳感覺
此為親歷

（2010）

愚人節：在街心公園松樹下

一條毛被漂染成綠色的小狗
彷彿偷了一塊草皮植在身上

它的主人拿著手機
將一條新收的短信念給它聽：

「據悉：有一百五十名全副武裝的
外星人正在入侵地球……」

（2010）

眉批

一

在詩句的樹幹之間
這位自稱有潔癖的人
將除草機的活兒
做得一點都不乾淨
留下了許多雜草
要命的是：他以為是枝蔓

園丁白長了一張老實人的臉

二

我讀其詩
恍若重返母校
男生宿舍陰鬱的樓道
一股濃重的臭襪子味
撲鼻而來

三

當前盛行的策略
構成的惡性循環——

村裡娃
晉升為鄉村知識份子
在現代詩的領域
玩農村包圍城市
那一套政治雜耍

你他娘的試試！

（2010）

春來到

反覆加反覆
徘徊復徘徊
春天究竟怎樣
才算真正到來
我虛度了
四十三個春天
方才體悟到
春天裡的第一朵花
是開在腳氣患者的
腳趾縫間
被不死的真菌
催開的

（2010）

道德員警盯著你

今夜寒潮來襲的現實
給一幫聚在咖啡館朗誦
並且坐而論道的詩人們
準備的考題是
在咖啡館隔壁
一家旅館門口
一個男的正抽打
掌摑一個女的
男的像街痞
女的貌似雞
女的尖聲大叫
將多盞街燈喊滅
富於經驗的某詩人道：
「這是雞頭在打雞！」

打一一〇報警
員警置若罔聞
走上前去干預
顯得我們傻B

詩人所能做的
應該做的
就是將此寫下來
寫成詩
至於你的詩
容納不進如此
殘酷的現實
承載不了這般
冰冷的詩意
那是你的問題

當然
我這麼寫
也是不行的
沒擺批判之姿態
沒喊同情之口號
沒敞悲憫之情懷
沒亮正確之底牌
專盯別人的道德派
不會放過我
他們啥時候
又曾放過我

（2010）

希望

縱使你已經說出過萬遍
我仍會說出我的這一遍
並且說得新鮮
出自體驗
希望
是傷口之唇
開始發癢
鑽心的癢
徹骨的癢
癢入骨髓
心花怒放

（2010）

不止一次經歷你也曾經經歷

在飯館
吃完飯
抹著嘴
朝外走
看見在另一張
大桌邊
廚工們
正忙裡偷閒
抓緊時間
匆匆用餐
他們圍著兩樣
再簡單不過的
家常小菜
扒著米飯
卻讓我們感覺到
那比我們剛才
享用的
所謂大餐

所謂名菜
都要好吃
難免生怨
明明做生意
還要留一手

（2010）

行路難

大步流星
走在路上
馬失前蹄
栽了一跤
疼痛難耐
狼狽不堪

我是在淤青的右膝
徹底消腫後
方才重返出事地點
仔細查看
發現道路筆直
路面極其平坦

恐懼從天而降
立馬襲遍全身
我首先想到的是那個
初次見面便直言忠告

我此生不宜開車的半仙
就像多年以前
從我臉上看出母親有病的另一個
都堪稱大師

(2010)

廢園

將勞動節這天的散步地點
選在勞動公園
說明我還是一個文人

兒時嚮往但卻從未來過的
勞動公園已很破敗了
惟破敗才使我認清它的存在
建於大廠區的中心地帶
是上世紀五○年代
創建這些大廠時為那些
支援大西北而來的外鄉人所建
如今它隨大廠的衰落而破敗了

我漫步園中心情複雜
對於這座古老的移民城市而言
我也屬於外鄉人的後代
但卻並不屬於大廠的工人階級
曾經一度他們多牛啊

屬於這個國家的領導階級
他們的子弟在我這個居住在
市民區的臭老九之子黑五類之孫
面前的驕傲和優越感
是我少年時代每天都要面對的壓力
蓋因如此我對該園的破敗
多少有點幸災樂禍

並由此聯想到
當一個時代結束時
因廢棄而破敗的庭院恰似王朝的背影
人們面對它的心情遠不如文人寫的空靈
更不會只徒有一腔情調

（2010）

左先生

大地又震動了
他高興
但他不是一個壞蛋

煤窯又坍方了
他高興
但他不是一個壞蛋

孩子又被砍了
他高興
但他不是一個壞蛋

有人又跳樓了
他高興
但他不是一個壞蛋

生性並不嗜血
也非單純的幸災樂禍
只是這現實中的天災人禍

接二連三地發生
貌似有力地佐證了他的觀點：
「中國不能這麼搞！」

他始終難以忘懷
上一個時代
他僅在懵懂少年

穿越過的那個時代
是他心中永恆的理想國
紅旗飄飄纖塵不染

這世上還有比他更壞的蛋嗎？

（2010）

堂堂店名

玻璃拉門裡面
坐著兩個濃妝豔抹
穿吊帶裙的姑娘
衝著行人
搔首弄姿
極盡挑逗之能事
這家店
做何買賣
昭然若揭
傻子都一目了然
好玩的是其店名——
（讓我痛感無趣的詩人該殺）

「健康體驗館」

（2010）

詩人

兩天去一趟超市

是你的日常生活

這天

當你徘徊

在貨架間

猛然站定

兔子一般

豎起耳朵

仔細諦聽

那是音樂乍起

自買唱片的區域傳來

王菲的《傳奇》

僅僅是王菲

僅僅是《傳奇》

便讓你忘了購物

定格般傻站

直至聽完

方才離去

當此之時
你抽出身來
看見了你自己
就像觀察到別人
當此之時
從你心底
清晰響起
一個聲音：
「他們怎能寫得過你？
他們不知為何寫不過你！」

（2010）

草坪

這塊綠色的草坪
有生命也有死亡

倒不是
停在上面的除草機
提醒著我們
草兒在瘋長

是玉色蝴蝶
在翩翩起舞
一隻將另一隻
追逐

宛如一面綠色旗幟上
掠過兩塊紛飛的彈片

（2010）

一條路

世界盃這一個月
從我家到最近的報亭
是我每天都要走一遍的路
回想起來：上半月
我只記得去路上的風景
有很多人匆匆前往
搯著點兒與我搶報
搶不到我也高興啊
這是一個形單影隻的詩人
走進人群所獲得的安全感
並為之而竊喜
直到有一天
我發現我在人群中
覓到的同好
不是來自綠茵場
而是來自麻將桌
並非球迷
實屬賭棍

我眼中便再也沒有
去路上的風景
只剩下：歸途

（2010）

偽檢討書

由於是為某報寫專欄
我得確保我每天寫下的
一首足球詩
能夠順利地發表出來
所以有些事情和感受
我索性放棄了沒有寫
這反而增大了寫作的難度
唉！此為中國當代詩人必修的功課
看你能否在存在的前提下保證質量
而不是一味地退縮、回避、放棄
形成習慣會廢了武功
因此這沒啥好後悔的
現在補上便是：世界盃期間
最給我帶來撞擊感的人和事
是在場外
是在電視機外
是在我家的衛生間裡
是在抽水馬桶之上

某日晨起
我一邊拉屎一邊讀報
讀到無法無天的文強
被執行了死刑
死前四小時看了半決賽
哦也！人生最大的悲劇莫過於
看了半決賽
看不上決賽
終不知冠軍是誰

（2010）

往來無白丁

我在碑林門外的茶攤上
等一位來自臺灣的詩友

此情此景何等親切
多年以來不斷重現

由於門票的昂貴
能省則省一張吧

再說我也不是隨時都有
讀碑思古的心情

何況讀碑不需要人陪
一個人最好

我在碑林門外的茶攤上
等過許多外地來的朋友

無形中在我心裡
構成了一場對他們的考試

還好！沒有一個令我失望
行色匆匆跑出來說：「沒意思！」

即使這樣一張沒文化的嘴臉
能夠佯裝反文化的先鋒派的那些年

今天我這位臺灣詩友讓我在外邊
在夏日的酷暑中足足等了仨鐘頭

啃了半拉[3]西瓜
睡了一個午覺

他出來時紅光滿面
氣色好極了

這個詩人幸福地說：
「我見到李白的字了！」

這位朋友抱歉地說：
「對不起！讓你久等了！」

那一瞬間裡我想到了卡通的
想「去中國化」的臺灣政客

我說：「沒關係！我樂意等
很高興：你打破了一項紀錄！」

（2010）

注釋：
***

[3] 半拉：半顆之意。

是國人之奴性還是永恆之女性

我家電錶不正常
測量員變成小偷
它在偷偷地吃電
遇此情況
妻首先想到的是
我們自己有問題
世界盃+空調？

我昂首屹立在
樓道裡電錶前
新剃的平頭酷肖魯迅
思維與口氣亦如先生：
「你就是最典型的中國人
被收拾整治了幾千年
一遇問題就先檢討自己！」

話一出口
我忽然想起

在並不遙遠的過去
在我溫暖的舊家
我也曾如此放肆地批判過
我的媽媽
還被永遠嬌慣我的她
視之為長子當家
胳膊肘應該向外

我羞愧難當想要跳下樓去

（2010）

夜的畫

我並無偷窺癖
只是出於世界盃期間
所養成的習慣
在尚未睡去的夜半三更
踏上我家封閉的陽臺
朝對面那座高層大樓
望了一眼
世界盃到底結束了
整座大樓像不存在
消失在黑夜之中
只有一個視窗亮著燈
並且沒有拉上窗簾
杏黃色的燈光裡
一個端莊的少婦
坐在一個嬰兒床邊
用一把碩大的蒲扇
緩緩地扇著
彷彿一幅小油畫

掛在一堵黑牆上
一輪明月高高掛
美術館惟一的燈盞

（2010）

在超市

收銀員是個矮墩墩的胖姑娘
她驗我取來的一盒巧克力派時
提醒我道:「先生,還有一個月就到期」
我說:「那就不要了」

恰在這時
一個身穿白襯衣黑長褲的男青年
從姑娘身後經過
聽見我們的對話
公然當著我這上帝的面
高聲斥責那姑娘:
「你還想不想在這兒幹了?!」

我頓時火起
質問他道:
「你是不是想讓我吃死?」
話一出口我又想到:姑娘的飯碗懸了
舌頭立馬變軟:「我吃死就算了你別開了她」

(2010)

世界的角落

一個人
面對一堵牆
踢球
射門練習
踢到酣時
猛然想起
小時候
父母單位裡
那個踢球最好
教我最多的叔叔
已經不在人世了
去年春天
父親去火葬場
參加的追悼會
不就是他的嗎
這時候
我這個無信者
條件反射般

在胸前畫了個十字
表面上看
像是在模仿
球星的動作
然後踢得更猛了

（2010）

神蹟

我在網上
對一個傻子說
西安在修建地鐵
從地底下挖出一塊
唐朝的碑
上書：「伊李沙白」
我聞此訊後決定
今生哪兒也不去
永居長安

這個傻子信了

說老實話
我的杜撰
也並非憑空而來
大約兩年前
一個匿名者
在我博客裡

留下這四字
然後一去不返
任其流傳

（2010）

網語真言

發帖成詩，出口成章。

——題記

棉線頭穿針而過。

她有著在顯微鏡前與一頭死蒼蠅奪眶而出之複眼對視良久的噁心與震顫，受了孕。

紐約港外的那片海域——自由女神藍色的潮汐。

古籍裡的字跡消遁，書房上空蒼蠅盤旋。

書生臉上五官飛了，麻將桌邊掉落白板。

他酷愛異性的腋窩，並因此而追問道：「地球的腋窩在哪兒？」

陽具罵雞巴：「土鱉！」

提拉橋乃欲望之象——有人揪起了自個兒的頭髮，懸在半空中。

一個孩子說：「這個冬天再不下雪，我就不給老天爺上學！」

啊，我那把朝鮮當作人間天堂的童年時光真是幸福得一塌糊塗！

新中國的傻孩子，總以為有個黑白影像的舊社會。

新世紀的傻孩子，總以為在他通過A片學會操B以前人類連生殖都不會。

他用老鼠夾子夾住了自己的小雞雞：「瞧！我又準確並且兇狠地插入了！」

他把自個兒的腦袋卸下來當球踢，在腳上顛了十下；又裝回到脖子上，走了。

他所謀乃大，但要的不多：魯迅──文學獎！李白──詩歌獎！

一個小太監在吹他的雞雞又大又硬又好使。

今日多雲，雲像通緝令上罪犯的臉。

剩在杯中的茶葉乾了，狀如未曾沖泡過的新茶。

那條小丑狗含情脈脈望著我的表情就像眺望見自己遙遠的前世。

狙擊手是這樣瘋掉的──他在瞄準鏡中看見了自己！

母親撒手而去，風箏飄在風裡。

他咯咯咬嚼著大連灣的螃蟹腿宣告：「魯迅沒人性，周作人有人性！」

你媽被你爸操了，你為什麼還要出生──還要哭著喊著急吼吼地爬到這萬惡的世界中來?!

他對著鏡子一臉平靜地評價道：「我長得真像傻B！」

年輕人，你當然可以寫得比我更棒，但需要把小命搭上。

陪綁看過槍斃的人，有了閱歷上的優越感，臉上也多了一抹唬人的滄桑，死時照樣拉了一褲襠。

原爆後輻射成的畸形兒，抱著原子彈的大腿喊「爺爺」，姓原的六親不認，又炸了一回。

窮鄉僻壤出神漢，多出自鄉村教師。

你的後庭開荷花。

江湖磨刀，劫生辰綱——他像英雄和智者一樣走在小丑的思路上。

時代之偶像，帥得叫人哇哇大吐！叫人想操但勃不起來！

深陷在成都茶館的老籐椅中，面色慘白如紙巾的瘦詩人在說我：「跟我們不一路——他憂國憂民！」——玻璃映照出城春草木深的杜甫草堂。

有種你對自家孩子說：「學周佛海，別學楊靖宇！」——他（她）會驟然停止發育你信嗎？

書脊=書生的脊樑=中國的脊樑？

在三藩市吃飽了撐的午後，我的初戀情人想起了我——麻雀般的小腦袋瓜裡出現的影像是一股昂著頭怎麼也不肯往低處流的水……

是愛——讓我高貴！

這塊土地的質地最適合埋葬冤魂，讓他們死後也張不開嘴發不出聲——再死上一回！

我指給你看一座建於隋朝的佛塔，說那是「大雁塔他爸」，它甚至沒有身後那家臺灣溫記豆漿店更有人緣。

在這土黃色的中國，愛吃海鮮的人也會充滿優越感，直到發現它容易導致痛風病。

靠！你說句人話能噎死嗎？

不喝酒，酒壯慫人膽，慫人才靠酒蓋臉。

酒，某些男人吊在嘴上的液體陽具，甩過來甩過去……

酒鬼射精——射出的是酒！酒精充當著精蟲！

時間之手，把現實做舊，泛出歷史那人屎的顏色。

人渣，你也配提聖潔的「妓女」?!

坦克開進廣場，軋破了大師的魚膽，他在卡夫卡日記裡找到了自己不敢直面的偉大依據：「上午德法戰爭爆發，下午游泳。」

倖存者的哲學：好死不如賴活。

他是一名基督徒：除了信仰什麼都有。

休要在得道之人面前講「術」。

語言是大路，詩歌是歧途。

語言是直腸子，詩歌是花花腸子。

兒子，你是你爹游得最快的精子追上了你娘游得最慢的卵子……

冬天到了，小陰人，你住的陰溝供暖了嗎？

我忽然忘記了領袖的模樣，這叫我一下著了慌，趕忙從後屁股兜裡摸出一張人民幣。

我不能忍受人字拖——腳趾縫裡長塑膠！

古城西安在修建地鐵，最糟的詩人會想道：它通向唐朝。

打小我就聽出了方言所攜帶的蒙昧、市儈、土鱉和草根，我拒說方言。

什麼「大師」？不過土司！

遺老遺少們，哭著不存在的祖墳，當然不是真哭。

A一輩子的奮鬥，就是叫人嗅不到他工廠打鐵的汗臭。

B一輩子的奮鬥，就是叫人瞅不見他胡同串子的鼻涕。

報載：布希邀請美國六詩人進白宮去當座上賓，結果一個沒到——在漢語的語境裡，這一行超現實，並且非詩！

世界太平庸，兀自去偉大。

切莫自欺欺人：這個國家不會給你拒絕它的機會——所有得到者都是腆（舔）上去的。

後宮，不許帶把的男人行走，翰林院也不許。

不要和自卑者一起吃飯，最後一道菜是恨入骨髓湯。

暖氣片傳送來隔壁的陰謀。

其詩從不走心，不過是他的銅鈕扣。

此人把口吐白沫當射精。

人，寧可不要臉，也不要啥都要。

拋棄一舊友，讓其無所顧忌，填滿其欲壑，勝造七級浮屠。

貌似平常的生活，危機四伏，暗藏殺機，終成致命的人生。

這一行高談死亡的詩，寫得太聰明，太像個活人寫的。

站在生處指點死者，活詩人表現出空前絕後的滑稽。

相看兩厭，各活各命，各寫其詩。

夜裡，是樓道裡傳來歸客的足音，安穩著我的寫作。

這些晚生的小赤佬，妄圖把他們落地前的歲月說成是一碼黑
——子宮裡口吐羊水手抓臍帶的黑暗。

別做太陽，普照眾生——眾生愚鈍，太陽空懸。

詩到最後在拼人——是為決鬥！

好啊！祖師爺是個不認家譜的劊子手，連自個兒的徒子徒孫
都朝死裡剁！

描紅者看王羲之：「這是畫，不是字！」——正如你看我：
「這是文，不是詩！」

我是撞上我這面南牆才回頭見到我這條黃河才死心的那個人！

有人在我的博克裡留下四個字——像是蓋上一方小印：「伊李沙白」

在百度裡發現：伊沙即耶穌——一身冷汗，噤若寒蟬——這一行算我沒寫，你沒看見。

這個人，除了罵魯迅，啥都沒留下，不是「人渣」是什麼？

一個人，好端端坐在那兒，冒煙了！起火了！爆炸了！

作協主席來敬酒，說上一番客套話，他面部的表情像剛剛服下二兩大便。

他夫子自道：做過結紮手術之後，就再也寫不出詩來了——這是他一生中最漂亮的一行詩，可惜是說出來的！

總算有個出身富貴白種英俊的巴西人做了世界足球先生，艱難得就像當初黑奴的解放。

此男像極了彼女，甚至模仿她叫床。

影子散落一地，七零八落……他在撿。

高壓線的架子是一尊鋼鐵的雕塑，私自爬上去討要工錢的民工是完全多餘的血肉——在一架紅外瞄準鏡裡成為目標。

他中山裝的衣兜像中藥房的抽屜，嘴裡還噴著一股牛黃味。

他喜歡在詩中編造虛假的細節（藉以顯示自己有著「貴婦人般的細膩」），被我發現並挑明後嘿嘿一笑，他的粉絲說這可是大才。

再多扮一次陰陽臉，你的寫作還會更慘。

孤獨吧——難道你不喜歡這個小情人嗎？

足球乃我族特短，詩歌乃我族特長，詩亡則族滅也！

黑暗爬過國土：十億隻八腳蜈蚣。

這片國土，沉澱最多的還是紅色素。

減肥減去六十磅——正好是靈魂的重量？減去了還是增加了？

在我上班經過的一個十字路口，牆上寫有幾個字：「一百二十
噸電子秤」——一直折磨著我的想像。

打工妹成了詩歌明星，振振有詞將我批判，我想她背後有人
——定睛一看：龐然大物，是個國家！

詩人不壞，詩神不愛。

他當眾把衣服扒啦，赤裸裸——但沒用，他的皮膚還是衣服。

A是偽善的好人，B是真誠的假人，他們自然是兄弟。

相忘於江湖？不，不——我忘你於江湖，你忘我於廟堂。

逃異地，走異路，寫異詩，但也不指望有別樣的人們。

血管在我們的體內，像爬山虎一樣向上爬去。

霧：老天的魔術？將世界變無。

（2007）

鈾

鈾：金屬元素，符號U。銀白色，有放射性，主要用
於原子能工業，做核燃料。
——《現代漢語小詞典》

詩是文字礦藏中的鈾
——嚴力

1

大劫過後豔陽高照
上帝送你一座島

倖存者目光安詳
彷彿正午的月光

將此熱帶的島嶼
照涼

2

他無知──不知道
「仰天大笑出門去」
本是一行入宮詩

只曉得：這是一粒
太白牌偉哥（made in tang）
吞下去殊為有效──

像一頭領獎的獅子般雄起

3

錘子。剪刀。布

錘子
剪刀
布

錘子！

4

「讀者是存在的」
他想

然後
對自己說：
「但讀者是無形的」

5
朗誦
是詩人本能的欲望
是詩人的
本分與天職
是詩歌自己
長出的一條
明
亮
的
舌
頭
讓聾子也能聽見
它的聲音

難道這是可疑的嗎？

6

民謠不是搖滾
爵士不是搖滾
迪斯可不是搖滾
慢搖滾軟搖滾
還有那抒情的
流行的搖滾
統統不是搖滾
我所理解的搖滾
只能是重金屬
發自於藍領階級的
狼嚎

7

現代漢詩
性感如斯

原本不是這樣的
原本是個老處女

是我操的
也是你操的

但歸根結蒂
還是我操的

8

什麼「中間」？
我乃「中堅」！

9

評論家甲
有詩妻在家
以金屋藏焉
何以與詩俱進
何以公論天下

只能背著老婆到處飛

10

蝨子
不必查驗你的血型
從你跳高的姿勢
我就能斷定

你是從誰的褲襠裡
蹦出來的

11

這廝
在陽光下
像鼻涕一樣
甩過來
正中你下懷

12

某女戳在污泥裡
小臉髒兮兮
我猶豫著
不知該不該
叫她一聲：
「荷——花！」

13

你口口聲聲的「好詩」

究竟有多好？

好到靈魂裡去了嗎？

14
白癡
存在的意義在於
常常一語
敗露天機

15
我抱走了一個蛋
抱在懷中孵幾年
孵出一隻小雞來
如此說來
這是一顆信仰的蛋

16
我的詩餓了
我把它們放出去
去吃別的詩

17

自殺者自殺前
為自己虛構了
一對雙胞胎之子

他美滋滋告訴我的表情
還歷歷在目
如在昨日

你——還有你們
為什麼要認定這是假的呢
這怎麼就不是真的呢

你們還都是詩人呢

18

拖地板時發現
大可不必連拖兩遍

啊！這是亡母遺留給
家庭的習慣

19

在真正的詩人面前
這些投機政治的小混混
不過是些髒娃娃
拖著兩條鼻涕蟲

20

有時候
流氓是可貴的
流氓是必要的
在所剩無幾的流氓習氣裡
殘存著此一溫馴族群
最後的一點自由主義

21

我不吸毒
詩中不含興奮劑
不過有那麼一點點
尼古丁和咖啡因罷了

你從中感受到的high
全都來自於生命本體

22

有人問我：
這一生還能寫出
幾多好詩？

在我看來
這不是一句發問
而是一聲感召

23

書生愛提難度
其實最難寫好的
正是這些太監
所沒有的
情欲

24

有人勸伊沙別寫詩了
說出了幾代中國詩人的心聲
但是可惜呀
吾是秦人一根筋耐久戰

25

想肥則肥
想瘦則瘦
智者之智
首先體現於
能夠掌控自己的身體

26

跳拉丁舞的女人
都那麼性感
跳拉丁舞的男人
都那麼騷三

27

時間之水落
好詩之石出

28

自由是自找的

29

從安徽人想明朝
確實挺有感覺的

30

今生寫好無望
因為你有一顆
裝B的心

31

這廝把自己扮成畜牲
——非媽所生的玩意
——馬生的

32

陰陽臉
空心人
鬼把戲

33

江湖自有詩人在
潮起潮落好風光

別扯什麼
詩失求諸野
真詩本來就在野

34
我想統計一下
在我所知道的詩人中
有多少中國作協會員
有多少中國共產黨員
這有利於我更加
深入徹底地研究其詩

35
面前的人
像具屍體
開口說話

36
一個從不讚美
天下英雄豪傑
卻在吹捧自己
山寨家丁的人

是怎樣的

一個慫人

有著怎樣的

一顆慫心

37

一百個胡適之

頂不上

一個周樹人

天才永遠是

文學的主人

38

你眼見著一個人

裝嫩

裝嫩

裝嫩

裝嫩

裝嫩

一頭紮回他娘的子宮

39

啊喲！這個蒙古漢子好豪爽
吃了我的酒
就罵我的娘

有一點必須指出：丫是漢人

40

哪有那麼多亂七八糟的
舌尖的感覺決定語言

41

我的老外婆
今晨病逝於上海
享年九十五歲

得到這個消息
一家人全都很平靜

很像是信教的一家人

42

外婆去了
我在母親遺像前
燃起一炷香
心裡對她說：
「媽媽
你的媽媽
陪你去了
你們在一起
一定很快樂！」

43

是我的詩
帶著我在飛啊
飛成一個詩人

44

走得太遠了
遠至看不到
飛得太高了
高至夠不著

45

這是必要的潔癖：

趣味的

精神的

漢語的

46

這人啊再怎麼折騰

都奔不出自己的命

命

決

定

詩

47

世紀末的冬天

在大連某賓館

一個戴眼鏡的詩人說：

「這個詩會開得太好啦

市長都親自出面來接見我們啦

這個城市對詩歌真是太重視啦」

我當即便在心裡
宣判了該詩人的死刑
其實他從來就沒活過

48
有項「公約」說：
詩人必須認識二十四種以上的植物

我爹是動物學家
他認識好些植物學家

他們認識地球上所有的植物
但卻一輩子與詩絕緣

49
你說「獨孤求敗」我不言語

50
踏雪前行
那晶瑩剔透的美膚
那婀娜妖嬈的麗姿

令你粗氣直喘
慾火中燒

51

一串狗的蹄印
使雪原變得生趣盎然
一串人的足跡
卻令你感到惶恐不安

52

在大雪天裡
你對自己說
要寫那樣的詩
像雪花一樣
融化在人心裡

53

有一種很具欺騙性的偽詩
像一座建在遠郊的植物園
枝繁葉茂鬱鬱蔥蔥
了無人跡不聞心跳

54

禪雞巴禪

詩大於禪

詩字裡頭

本有禪意

在寺中言

55

一個學佛的女人

在跟我講經論道

她想向一名詩人

說明：佛大於詩

結果我詩的大水

沖了她的尼姑庵

56

有人說我寫的是「日記體」

我說：可惜我不記日記

如果我記日記的話

你就會清楚地看出

二者有本質的不同

日記是戀愛
詩歌是做愛

57

我談詩事
血流成河
白骨森森

58

有時候
你需要硬著心腸
抱定如下的意識：
掙扎著不做中國人
中國配不上你的詩

59

羨慕你啊
守著老母過大年
此種幸福
我已經永遠失去

60

有個上海老癟三
自稱心向青紅幫
說丫喜歡動用黑社會
我好怕怕耶
差點被嚇得
大小便失禁

61

衝冠一怒為紅顏
惜乎汝非吳三桂
不過以頭搶地爾

62

有那麼一些半老不熟的東西
但凡碰上反對伊沙的年輕人
便在心中一聲慨歎：
「生子當如是！
生女必嫁之！」

63

我當年
謫仙人
在長安

64

大師
不過是
沙龍裡的
真皮沙發

65

祖上棄農已數代
這又有啥光榮的
害俺寫不了鄉土

66

偉大的詩篇早已寫就
靜靜地躺在那裡
沒有偉大的讀者

67

偉大的詩歌

會自己選擇

配寫它的人

68

那年月我在長安城頭

張弓射出一支箭去

你們這幫孫子還不得

趕緊鑽到床底下去

翻出一本老皇曆

看看年號改沒改

69

李白的耳朵是杜甫

李白的嘴巴是蘇軾

李白的白髮是屈原

70

你讀完一首詩

一具木乃伊

咯咯咯地笑醒了
跳起來破口大罵

71

我寫評論
中國詩壇有禍了
我寫作品
中國詩歌有福了

72

詩事即國事
太監勿插嘴
都給我退下

73

在現代文學史的課堂上
老教授愛講的林徽因
不是詩人
只是詩人的情人
她最好的作品
是國徽

74

此人一發言
就把自己擺放在
作協黨組書記的
位置上
偶爾還客串一把
國務院發言人

75

勤奮？哪裡哪裡？
我只不過是個天才

76

忽然想到一個
貌似新左派的問題：
（是面對人想起的）
蒙古大草原
還有純種馬嗎？

77

不是變得更加強悍
而是來得虛弱一點

如此一來
你就更無痕跡
他們也就更加
摸不著你

78
對你而言
門是我胯

79
面對漢詩之巔
小丑無端發急
犯不著急
跟你沒關係

80
教五四文學
寫當下詩歌
不驕傲自滿
是不可能的
不想負責任
亦無可能性

81

秦地土著
喜歡自稱為「哥」
那口氣──
就像皇帝老兒
自稱為「朕」

82

惡搞詩人者
賤民也
人人皆可
得而誅之
殺無赦

83

什麼叫難度？
寫成我這樣
難於上青天
寫成你那樣
容易得像一

84

父親看著電視評論道：

「這些新演員

演舊社會的人演不像

關鍵在於

他們沒有那種氣質！」

我想：那是民國的氣質

85

完美即死亡

你開始感受到了

是多麼的心慌

86

深圳某報開詩會

老虎下山搶名額

因為每個瀕危動物

都要給個大紅包

於是乎——

這個喜歡領獎的老虎

遂變成搶紅包的老虎

它的胃口很大
多搶兩個紅包回去
還要給虎崽子們分

87

沒有理所應當的事兒
沒有當仁不讓的理兒
沒有捨我其誰的勁兒
更不會齜著獠牙去搶
這是因為啊
我打小就在不公平中長大
懂得感恩
感謝命運

88

我能容你
你不能容我
看起來
是我吃虧了
實際上
我把你吞掉了

89

人靚爹媽造

詩帥自己生

90

給你講個故事：

「從前有個傻子

後來傻死了……」

91

有人把魯迅的體毛

刮光了推出來

變成了瞿秋白

92

現實的鐵鉤子

鉤出了書生的紅眼珠

他還在喊：「看不見

我啥都看不見！」

93

連頭笨豬都知道
咬定靈魂不放鬆

94

我煩真理
更煩真理的私生子

95

一個妓女證實
他交易的時候
戴著一個八層麻袋片
縫製的保險套

96

中國人老了
就要練書法
修身養性
益壽延年
如果能賣出去幾幅
那就更能多活幾年

97

江湖是一顆心

98

在我這裡
愛國不是主義
就像愛女人

99

大雪封山
一頭冬眠中的小熊
私自遛出了山洞
跑到雪地上
手舞足蹈抓了狂
也抓了瞎——
因為害了雪盲

100

當你失去方向
不知何往
（彷彿置身在荒島之上）
惟一正確的做法是——

（是一個特種兵教我的）
原地打坐
沉入內心
聚斂智慧
直搗詩核

（2008）

藍燈

——致西敏（SIMON PATTON）

如今時光重現：
我們的靈魂歡躍怡然，
上帝的羔羊來到倫敦居住
在英格蘭蔥綠悅目的亭院。
　　——〔英〕威廉・布萊克

1

西敏，親愛的友人
近來我常常做夢
在夢鄉之中重返倫敦
重享我們相聚的時光

夢中的人兒會飛
在泰晤士河上空飛翔
飛至倫敦橋
橋上有面牆
一面用來塗鴉的大牆

夢中的我
飛凌半空中
手持噴詩筒
將本詩噴射其上

2
還記得在奧爾德堡
我說英倫的天像小孩的臉
說變就變一日三變

──此話也不全對
我們乘火車抵達倫敦的那天
這孩子就哇哇大哭了一整天

有了這場雨
倫敦就切近
我們想像中的倫敦了

如此說來天有情
這是為照顧兩個異鄉人的心情
下的一場及時雨

走出散發著工業革命氣息的火車站
傻傻地站立在陌生街頭的冬雨之中
一輛長著1930年代模樣的計程車

戛然而止
停在眼前
彷彿黑白老電影中的畫面

3
你的愛妻如影隨形
彷彿已經加入到
我們的旅行之中——

她在南半球的澳洲
通過英特網
預訂的旅館

有著一個典型
英國味的名字
被你翻譯成「郡」

我的翻譯家
我想把它叫做「郡館」
可以嗎？

4

在緊鄰「郡館」
教堂門前石階上

坐著一位女乞丐
是個老太太

她木刻的肖像
真像是耶穌‧基督他奶！

5

我在筆記薄上寫下：
「西敏來到西敏寺」

——在漢語裡在中文中
此為天趣自成的一行詩

但如果譯成英語
就會變得毫無詩意

看來某些詩意獨屬於母語
屬於基因排列組合的奧祕

與某些詩人做得正好相反
越是走向世界

我越是不會丟棄
這類不可譯的詩句

與母語的尊嚴無關
我在捍衛寫作的真理

6
一步踏入雄偉壯麗的
聖保羅大教堂

迎頭撞見的景象是
聖母瑪麗亞懷抱著

在出兵丹麥的侵略戰爭中
命喪黃泉的兩將軍

一下子倒掉了
你我的胃口

猛然駐足
掉頭而去

7

倫敦教堂
太高太大

高得像宮殿
大得像國家

惟獨不像
教堂

8

隔著車水馬龍一條街
遙望大英圖書館
透過明淨的落地窗看見
卡爾・馬克思
還坐在那兒苦讀
還在用他的破皮鞋
磨損著資本主義的舊地板

我想問問這個徘徊在
歐洲大陸的幽靈
眼下的金融風暴
接踵而來的經濟危機
是必然的嗎？
我們——
該如何辦？

9

再一次撞見
大鬍子卡爾
是在大名鼎鼎的
海德公園
他正在小徑上
散步和思考
追隨其背影
順乎其目光
望過去——

綠草如茵
浮雲低垂
世界濃縮

成風景畫
目力所及
盡在掌握
很容易對
世界遠景
人類未來
輕下結論
大膽預言

10

同樣是在海德公園裡
一對老夫少妻的背影
一直走在我的視線上
揮之不去

令我回想起
咱們剛剛親歷過的
奧爾德堡詩歌節
老男人追求小女人的煩惱
成為英語世界的詩人們
一大趨之若鶩的熱門選題
對此你頗為不屑

怎麼辦呢
偷懶的辦法
是將之歸咎給這個
不產大師的平庸時代
我積極的忠告是
詩歌終究不是英國
資產階級花園裡的下午茶

11
也許這就是他們
生活在此養尊處優的國度
最後的一點人生煩惱了吧？
詩也做到了真實樸素
不裝B
但是啊——

大師還是要裝一裝B[4]的
如果悲天憫人也叫裝B的話
如果終極追問也叫裝B的話
如果鐵肩擔道義也叫裝B的話
如果敢為天下先也叫裝B的話

大師就是從一群羊中（上帝的羔羊）
擅自走失的那一兩隻（不是領頭羊）
站在無垠的荒原遼闊的曠野上
從喵喵轉為嗷嗷
一聲嗥叫
劃破天空
前蹄騰空
站立成狼

12

我的翻譯家
你說奧爾德堡
標準音譯當為「奧堡」

這可就麻煩啦
因為倫敦的標準音譯
就該是「藍燈」
——多炫的名字啊

由此可見
人類的約定俗成中
包含著幾多謬誤和無趣

詩人與翻譯家的天命
正在於重新命名

13

格林威治是倫敦
——哦不
藍燈的一個區
因此
本地是地球的
零時區

因此
當我在諸多瞬間
在大腦裡
將現在時間+8
就是在想家
想親人朋友
順帶想起了
故鄉和祖國

14

另有一些瞬間
亦會涉及到簡單數學

譬如每次出手花錢
我都要在頭腦中×10

在藍燈那幾日
人民幣正在眾幣們的
陽痿中獨自堅挺
但也挺不起中國
一個窮詩人的腰

每一筆花銷
都令我心驚肉跳

15
藍燈的夜啊
靜得叫人睡不著

忽然聽到
窗外有人在嚎叫

直撲窗口朝下看
但見一個酒鬼的

鬼魂正跟跟蹌蹌
橫穿馬路

空無一車的馬路上
他顯得分外孤獨

妄圖再被車輛壓死一回的
願望未得滿足

16
在藍燈
我注意到
流浪者的形象
都像是北京
廣場四周的
上訪者

無產者的長相
超越了種族的
界限
長得竟像

同種同族同胞
僅憑這一點——

全世界無產者聯合起來！

17
拒絕走進
大英博物館
實屬明智之舉

一個中國人
一個澳洲人
會看到自己
國家的寶貝

在此展覽
情何以堪

18
朋友
在奧堡
你對我說

他們聽你講話
以為你是英國人
我聽罷很高興
你的朗誦標準啊

但是在藍燈
一個開出租的老頭
一耳朵就聽出你是澳洲人
親愛的朋友
我一直想問
但又不好開口——

一個澳洲人
面對這塊驅逐了
祖輩的原鄉
究竟懷有怎樣的心情？

19
望著藍燈大街上
奔湧不息的人流

偶爾我會想到
正是他們的祖先

用隆隆的炮聲
轟開了古中國的
朱漆大門

現在我不知道
應該怨恨他們
還是感激他們？

20
一個澳洲人在英國
看到的是悠久的歷史

一個中國人在英國
看到的是現代的文明

還有一大區別
還有一大區別

你看英國人沒感覺
像見到親戚一樣煩

我則因陌生差異而興奮
是異種相見的正常反應

21

遙想當年
他們還笑中國人是藍螞蟻呢

在藍燈人上下班的高峰時段
滿街爬滿密密麻麻的黑螞蟻

你說得有趣：黑西裝
是他們的工作服

一位身著裙裝的窈窕淑女
從我們身旁嗒嗒扭過

肉色絲襪裡修長的美腿
洋溢著藍燈城最後一抹性感

那還是為四季如春的辦公室
為討好男上司而準備的

22

在黑壓壓的牛津街上
走來一個白衣勝雪的亞裔女孩
不知道中國的還是日韓的

她實在是太瞭解英國的黑了
知道如何輕而易舉
便一枝獨秀

東方人略帶狡黠的小智慧
在她鳥兒般的小腦袋裡
熠熠生輝

23
你陪我逛遍
牛津街的商店
只為買到
一雙禦寒的皮手套

我在北京的一個朋友
剛剛做罷手部手術
留下其手
是寫詩寫斷的傳說

24
在此琳琅滿目的商業街上
甚少見到同胞的黃色面孔

在幽靜的倫敦大學校園內
與我一樣的面孔隨處可見

這是否意味著：
中國大有希望？

25
在風景中
我總是看到
人的存在
在白金漢宮前的馬路上
我看見一隊
白孩子與黑孩子
手拉著手
有說有笑
橫過馬路
正在表演的皇家軍樂團
像是在為他們而表演
從一個武裝到舌頭的
大塊頭巡警的布話機裡
傳出的英語
我聽懂了——

「注意！前面
走過來兩個男人！」

26
在藍燈塔下
一名亞裔女孩
忽然口吐中文
請我為其拍照

我本紳士
在英國土地上
做得會更好
給人拍完照
還要請人家
到泰晤士河邊
一起坐坐
喝杯咖啡

交談之中瞭解到
她是中國大陸人
隨其家庭
移民至匈牙利

現在布達佩斯大學就讀
課業輕鬆
抽暇出來旅遊

相談甚歡
愉快分手
互道再見
你說你有點不解
她始終不肯講她的中國來歷
我則困惑於
一個正在讀書的小女生
何以有飛來飛去
周遊世界的經濟實力

於是乎
我便杜撰出一個貪官污吏
攜款攜妻攜女潛逃出中國
隱居於東歐的故事
講給你聽
意在向你炫耀
在詩人的身份之外
我作為小說家的才情

27

北京奧運一開
人人都會說「你好！」
全球掀起中文熱

但是你說
他們可不是為了
翻譯中國的詩歌
而是為了
跟中國人做生意

難怪咱們
在泰晤士河的遊船上
邂逅的兩位芬蘭姑娘
名片上都印有
時髦的漢字

28

都說漢語與中文
是世上最難學的語言
所以我認定
漢學家都是人類中
掌握語言的人精——

梅丹理可與他的兩任
中國前妻（一中一台）
連續吵架數鐘頭
絲毫不落下風
用的自是漢語
柯雷飛抵西安的第一頓飯
我請他吃羊肉泡饃
他當場便從女服務員口中
學會了幾句西安方言
還有那個在西安工作過
至今尚未謀面的戴邁河
據說能跟賣烤羊肉串的小販
用西安方言砍價

西敏，現在輪到你來秀了
坐在中國城的粵菜館
你用粵語開始點菜
香港來的小妹
望著你這碧眼老外
有點發傻
忘了應答

是的，你會講粵語
因在香港工作過
但對正在播放的
軟綿綿的粵語歌
卻不屑一顧——你說：
「在中文歌裡
我只喜歡崔健」

靠！暗號對上了
靈魂又一次接上了頭

29
還有更深入的交流
真朋友自會互亮底牌

說到死亡
你說好在我們還有漫長的日子

談起信仰
不信上帝的你說：「我們有詩！」

30

很遺憾
我在此次英倫之行中
見到的最冰冷的一張臉

依舊來自於我的同胞
來自於唐人街上
那個賣春捲的小姑娘

正如五年前
我在瑞典的經歷一般
有所不同的是

那一張臉屬於臺灣男同胞
這一張臉屬於大陸女同胞
唉！中國人看見中國人

還就是煩
誠如歌中所唱：
「有點煩……有點煩……」

31

還有更惡劣的一張臉
屬於火車站管廁所的
那個髒兮兮的印巴裔老頭

他用一個老出故障的投幣機
公然多吃了我一英鎊
還拒不給我吐出來

不知這件事
與後來發生在孟買的恐怖襲擊
有沒有聯繫？

32

白種人的冷臉
還真是少見

總算見著了一張
在蛋糕房
吃早點的時候
那位送餐的姑娘

冷若冰霜
一副愛吃不吃的模樣

你說：她肯定來自於東歐
我差點被口中的蛋糕噎死
噢！地球人都知道啊
社會主義熔爐鍛造無情的鐵面

33
說起社會主義
令我想起了
同事中一位
堅定不移的
社會主義者
即便在中國
如此之人
也已罕見

金融海嘯爆發
他有點幸災樂禍
說是要瞧瞧
資本主義的笑話
「我早就知道

人類不能這麼搞……」
聽說我要來英國
他說：「你給咱好好看看
資本主義如何崩盤！」

此刻我在藍燈
資本主義的老巢
暫時還看不出
它要崩盤的跡象
何況現在要崩盤
也是大夥一起崩
因為早就綁上了
同一條賊船

34

少談點主義
多吃點中餐
儘管它的味道
遠不地道

這沒辦法
就算這兒的老闆
捨得付高薪

將最好的廚子
從中國聘請來
將正宗的調料
自中國空運來
但水質會成為
最後的阻礙
最後的問題
對，是水——
水質的水
水土的水
風水的水

這就是為什麼
僑民文學或旅居詩人
在這邊越寫越差的原因
即便是上個時代的摩羅詩人
不也已經淪落為
打磨玻璃紐扣的小工匠
特朗斯特羅姆說得好：
「厭倦了所有帶來詞的人，
詞並不是語言」
——詞是風乾之物

語言則帶有充足的水分

還有空氣和陽光……

再好的中文也不能夠脫離

龐大的漢語場而孤立存在

這就是為什麼

我懷揣的護照不受待見

護照上的國籍遭人歧視

但我仍會視其為命根子的根源

中國——我詩的護照丟不了！

35

你兩次說到「慢慢來」

第一次是當我感歎

英國隨便一個家庭主婦

做的家常甜點都比中國

五星級酒店的麵點師

做得好吃

你說：「慢慢來」

我說：「無所謂」

第二次是我們過街
一輛正在拐彎的大貨車
緊急剎住
責任原本在我們
（因不習慣行車靠左之故）
可車上的司機
卻向我們舉手加額
敬禮致歉
我感歎說：「在中國
不罵咱倆就算好的」
你說：「慢慢來」
我說：「謝謝你」

36
在藍燈的大街上
那些逆著車流而上
以機器人僵硬的動作
執著跑步的人
在車縫間
腳踩風火滑輪
出生入死的人
被你稱作「冒失鬼」

我感覺他們

都有一點仗人欺車

這裡太把人當寶貝了

耳邊想起莎劇臺詞：

「人類是宇宙的精華

萬物的靈長……」

到了中國

他們就不敢了

37

從國防部大樓

到維多利亞女王紀念碑

戒嚴了──人過車留

英國人在紀念他們上世紀

所經歷的兩次世界大戰

百歲老兵被輪椅推出

滿身勳章

懨懨欲睡

一個身披米字旗的

滑稽小丑

上躥下跳

指手畫腳

一看就是好戰分子
林立的紀念碑
都與戰爭有關
紀念戰爭中死去的婦女
紀念戰爭中死去的馬匹
說明著一個窮兵黷武
軍國主義國家的本質
面對遊行集會的人群
你我反應各不相同
我是向前湊
你是朝後躲

38

到了英國
我才發現
我並不喜歡
國家意識太強的國家
在中國時
我卻是個毫不含糊的
愛國主義者
距民族主義
國家主義
只有咫尺之遙？

也許
一個崇尚個人主義
追求自由主義的詩人
終將成為一個
無政府主義者？

39
我左鼻孔中
北京奧運的烤鴨味
尚未散盡
我右鼻孔中
已經竄入了
藍燈奧運的牛排味

那邊將體育場
築成鋼鐵之巢
把人民當作鳥
這邊將體育場
蓋成金屬之碗
將人民當成飯

40

在海德——哦不
是肯辛頓公園裡
我們看見了
冬日的玫瑰
最後的玫瑰
有點捲邊
依然嬌豔
格外養眼

親愛的友人
你能否告訴我
這是為什麼
這種西方詩歌中
常開不敗的花兒
一旦移植到漢詩中去
立馬就會變成塑膠花
假得要死

41

面對藍燈景物
我不止一次地想起
十多年前

一位明明是奔著遠大前程
哭著喊著跑來卻詐稱「流亡」
到此的中國詩人
寫下過一組倫敦詩章
我發現他不論寫什麼
都寫得滿不是那麼回事

問題出在哪兒呢？
現在我整明白了
他望著眼前景物
還在拼命想像
他之所謂「想像」
不過是想起了
從前讀過的書
他之寫作不過是在抄書……

這就是中國式「知識份子寫作」

42
傍晚時分
我們跑斷了腿
還是找不到一家
富有本地特色的個性餐館

除了星巴克
就是麥當勞
除了麥當勞
就是肯德基
還有一種更加簡明扼要
直接就叫EAT（吃）

最終我們走進一家匹薩店
（因你學生時代曾在匹薩店
打過工的情結使然）
坐定之後才發現
還是連鎖的
全都連鎖啦
全世界都他媽連鎖啦
全人類都狗日連鎖啦
你為照顧我這個四川生的鬼
頑固不化的味覺
所點的一塊取名「魔鬼」的
特辣型匹薩
竟然有著一絲平庸的甜……

我忽然品出了英語詩歌的弊端

43

夜幕降臨

酒吧爆滿

餐館冷清

藍燈閃爍

隱祕激情

44

關關雎鳩
在河之洲
窈窕淑女
君子好逑

你在奧堡演講時
本想叫我站起來
為觀眾朗誦該詩
後來怎麼又忘了？

同為男人
同為君子
我們忘了交流
英國妞長得不錯

說話悅耳
形象端莊
氣質高貴
你說是不是？

45

站在泰晤士河畔碼頭上
航船人滿為患
遊船遲遲不來

一個黑人員警說：
一列火車在今晨出軌
上班族只好改行水路

令我一下子
想到了人類
當前的處境

46

金融風暴來了

經濟危機到了

1929年的大蕭條

是否將會捲土重來？

這渾濁的泰晤士河裡

是否還會被資本家

倒進牛奶？

我們站在碼頭上

像兩隻在冬日

凜列的寒風中

瑟瑟發抖的落湯雞

茫然不知所措

47

有一件事

像則笑話

與英國有關

若干年前

我妻子將一筆錢

交給一名炒股專家

專家說：放心吧
不出幾年
給你兒子
炒出一筆
出國留學的學費
妻子想送兒子
來的正是英國

幾年之中
那筆錢像大雪天裡
滾雪球似的
越滾越大
越滾越大
越滾越大
大如希望
到了今年
彷彿遭遇
赤道上空的烈日
被突然曬化
連原形都未留下

48

朋友，有個真相
當著英國友人
我不好意思說破
與大多數
住在城市裡的
中國人一樣
我和妻子做了房奴
也就是房子的奴隸
用兩人半生積蓄
買下一隻大耗子
銀行裡幾無存款
簽證時便遇麻煩
事實是
我拿不出一宗
大額存單
來交給簽證官審驗
這才是麻煩的關鍵

世界不相信窮鬼

49

山雨欲來風滿樓

今朝有酒今朝醉

朋友，在藍燈的

這一堆老建築中

我最喜歡大笨鐘

覺得它像

我的大雁塔

莊敬自強

我自巋然不動

看過《三十九級臺階》嗎

哦，沒有

那是在中國的開放初年

我所看過的一部英國影片

從中初識大笨鐘

那不過是一部諜戰片

我還通過一部偵探片

（《涉過憤怒之河》被譯成

平庸的《追捕》）

見識了東京的銀座

可不要小覷這些娛樂片

對那一代文革中長大的

蒙昧的中國孩子來說
實施過文明的啟蒙

50
老狄更斯筆下的倫敦
是我心中最初的藍燈

霧都孤兒
孤星血淚

那個命揪我心的孩子
他的孫子

都已經不在人世了吧
他在遙遠東方的同齡人

方才姍姍來遲
到達此地

51
吉人自有天相
從一場冰冷的冬雨

開始的藍燈遊

接下來趕上了

兩個豔陽天

遍地都是陽光

到處都有溫暖

叫人感覺狄更斯

這位現實主義大師

竟然寫得不像

或許原本就是

他那陰鬱的筆調

只是來自於

他內心深處的陰鬱？

52

莎士比亞圓形劇院正在翻修

謝絕參觀

幸好還有威廉・布萊克墓碑

可供瞻仰

墓碑上赫然寫著：

「此處躺著一個人的骨頭和靈魂」

好一把骨頭
好一顆靈魂

猶如鎮物一般
壓在我的心上

讓我休得輕狂
讓我心靜如泰晤士河持重的水流

在布萊克生前不受待見的國度裡
我們贏得的那一片掌聲未免可疑

53
黑水流淌的泰晤士河
讓你想起了你的家鄉
布里斯班清澈的河流

在昆士蘭大學有課的日子
你是坐著輪渡去上課的
你說那個感覺真好
所以你不開車

而我一個大陸之子
乾脆說旱鴨子一隻
實在是無河可念
所謂「八水繞長安」
所謂「長安水邊多麗人」
不過是塵封的線裝書裡
殘存的一段美麗傳說

54

泰晤士河上的夜行船
讓我們見識了藍燈
在夜裡的妖嬈
此刻倫敦
真成藍燈
如果不登臨此船
我們只能領略它美的一半
這令我不免遺憾
我們沒有買到
阿森納-維根的英超球票
未能與大名鼎鼎
又臭名昭著的英格蘭球迷
坐在一起觀球──就等於

只瞭解它的一半
沒有去看一場火爆的
英倫搖滾的現場演出
也只瞭解它的一半
就留到不知何年何月的爾後吧
不知命中還有沒有這樣的良緣？

55

「我是誰？
這回冒充的是哪個王八蛋？」

以上這句
你讀不懂
因為此行當中
我壓根兒就想不起來
將一個典型中國式
荒誕笑話講給你聽
因你比誰都更知底細的
我在去年的荷蘭之邀而起

當然，此次在英倫
我也不曾真的捫心自問
（想都想不起來啊）

寫在此處
只是為了向那些
躲在陰暗處的
卑污的丑類
挑釁──

「我是誰？
這回冒充的是哪個王八蛋？」

56
離別突然降臨
就在一周前
你接我的希思羅機場
我飛北京轉飛西安
你飛香港轉飛布里斯班
都是向著東方飛
都是飛向中國啊
在分手的時刻
我嘴上說出的話
不是我心裡想的
心裡想的
當時忽然忘記
現在重又想起──

我想對你說：西敏
我會把詩做得像
你最喜歡的中餐那樣好吃
最地道最絕活的中餐
獨此一家、別無分店、拒絕連鎖

57
在格林威治的下午
走向希思羅的黃昏
望著「日不落帝國」的太陽
早早地沒轍地落了下去
晚霞如聖火點燃漫天扯絮

在迷宮般的候機室裡
我忽然迷失
我瞬間失憶
懵懵懂懂跟隨一些奇形怪狀的人兒
登上一架飛行器

待它拔地凌空而起
我方才恢復神智
透過舷窗望出去
只見一隻無形的潑墨巨手

已經潑黑了天空和大地
我伸著脖子想再看一眼——

哦！藍燈！藍燈！
我確實看見了你
在黑暗大地上變成了
一個又一個神祕的麥田圈
令我驚出一頭冷汗
猛一側臉——

但見前座上的那位乘客
對著舷窗吐舌頭扮鬼臉
醜陋得像個小鬼
我趕忙環顧四周
舉座皆是這等鬼兒

「外星人！外星人！
我們這是飛向哪裡去？」

（2008）

注釋：

[4] 裝B：意指充大、裝樣。

伊沙文學年表

1983

就讀於西安市第三中學，開始詩歌寫作。9月，在《陝西日報》發表詩歌「處女作」〈夜〉。

1985

3月，在《語文報》社舉辦的「我們這個年齡」全國中學生徵詩比賽中獲獎。7月，高中畢業，參加高考，考入北京師範大學中文系。

1988

4月，和同學組建「感悟詩派」。9月，自己印製（油印）個人詩集《寂寞街》10月，在《飛天》雜誌「大學生詩苑」欄目發表〈伊沙詩抄〉（10首），引起強烈反響，成為大學生詩群的重要代表人物。

1989

3月，和中島組建全國高校文學聯合會，出任秘書長，在北京舉辦全國高校文學研討會暨「圓明園詩會」。詩作在《青春》雜誌舉辦的大學生詩歌大賽中獲獎；詩作在《大學生》雜誌社舉辦的首都高校詩歌大賽中獲獎。5月，在《萌芽》雜誌舉辦的青年詩歌大賽中獲獎。7月，大學畢業，分配至西安外語學院宣傳部做院刊編輯，返回西安。12月，詩作在《詩神》雜誌社舉辦的詩歌大賽中獲獎。首次發表詩歌評論。

1990

1月，應詩人嚴力之邀擔任美國《一行》中文詩刊中國代理人。2月，詩作在《詩潮》雜誌社舉辦的詩歌大賽中獲獎。5月，詩作在《大河》詩刊社舉辦的詩歌大賽中獲獎。

1991

3月，詩作在《文學港》雜誌社舉辦的詩歌大賽中獲獎。12月，作品首次被譯為英語發表。

1992

2月，應邀成為《詩研究》同仁。3月，作品首次被譯為世界語發表。4月，策劃《一行》創刊五周年大型詩歌朗誦會，在陝西省農業展覽館成功舉行。6月，應邀成為《傾斜》詩刊同仁。7月，應邀擔任《當代青年》雜誌社青年詩歌大賽評委。7月，應邀在《女友》雜誌社舉辦的文學夏令營授課。10月，應詩人、詩評家周倫佑邀擔任復刊後的《非非》編委。11月，被《女友》、《文友》雜誌推選為「讀者最喜愛的當代十佳詩人」。

1993

1月，應邀擔任新創雜誌《創世紀》總策劃。5月，作品首次被譯為德語發表。7月，應邀在《女友》雜誌社舉辦的文學夏令營授課。11月，由院刊編輯調往教師崗位任教。

1994

3月，詩集《餓死詩人》由中國華僑出版社出版。7月，應邀在《女友》雜誌社舉辦的文學夏令營授課。

1995

1月，應邀成為《鋒刃》詩刊同仁。6月，詩集《一行乘三》（與嚴力、馬非合著）由青海人民出版社出版。7-8月，與妻子老G合作首次將美國詩人

查理斯・布考斯基的詩作譯成中文。9月，應邀出席詩刊社在北京舉辦的第13屆「青春詩會」。11月，作品首次被譯為日語發表。

1996

8月，應邀出席《女友》雜誌社舉辦的「陝北筆會」。10月，發表短篇小說「處女作」《現場》。11月，發表中篇小說「處女作」《江湖碼頭》。應邀出席《詩歌報月刊》社在浙江湖州舉辦的首屆「金秋詩會」。12月，應邀出席《女友》雜誌社在濟南舉辦的長篇小說策劃會。

1997

7月，應邀出席《女子文學》雜誌社在河北舉辦的筆會。8月，應邀出席《喜劇世界》雜誌社在太白山舉辦的筆會。12月，當選《國際漢語詩壇》雜誌評選的「中國當代十大傑出青年詩人」。

1998

1月，出任《文友》雜誌策劃。2月，獲《女友》雜誌社創設的路遙青年文學獎。6月，長篇小說《江山美人》由太白文藝出版社出版。為《文友》雜誌策劃並執行轟動一時的「中國十差作家評選」活動。7月，到北京第三精神病福利院為詩人食指（郭路生）頒發首屆「文友文學獎」。9月，在《文友》雜誌發表〈世紀末呼籲：解散中國的作家協會〉一文，驚動朝野，備受壓力。12月，詩及相關評論集《伊沙這個鬼》由《詩參考》編輯部出版。

1999

1月，《伊沙作品集》三卷本——詩集《野種之歌》、小說集《俗人理解不了的幸福》、散文隨筆集《一個都不放過》由北京朝花文化機構策劃、青海人民出版社出版。2月，應邀擔任《女友》雜誌社青年文學獎評委。4月，應邀出席《詩探索》編輯部、《北京文學》編輯部、北京作家協會、

當代文學研究會、中國社科院文學研究所等數家單位在北京平谷縣盤峰賓館聯辦的「世紀之交中國詩歌創作態勢與理論建設研討會」，在會上捲入與自詡為「知識份子寫作」一方的激烈爭論，會後撰寫多篇文章繼續在紙媒體上與對方展開論爭，即所謂「盤峰論爭」。6月，詩集《我終於理解了你的拒絕》由青海人民出版社出版。主編《零點地鐵詩叢》（16卷）由青海人民出版社推出。應邀出席《電影作品》雜誌社在成都舉辦的「世紀之路：電影與文學研討會」暨「眉山詩會」，應邀出任《中國詩年選》編委。8月，隨筆集《褻瀆偶像》（與孫郁、孫見喜合著）由中華工商聯合出版社出版。受邀澳門國際詩歌節，因故未能成行。11月，應邀出席《中國詩年選》編委會在四川舉行的評審會。應邀出席由《中國新詩年鑑》編委會和《詩探索》編輯部在北京小湯山龍脈溫泉度假村聯辦的「1999中國龍脈詩會」。

2000

1月，在北京獲《詩參考》詩刊頒發的「10年成就獎」，詩作〈結結巴巴〉獲「10年經典作品獎」。6月，應邀擔任《中國新詩年鑑》編委。8月，應邀出席在湖南衡山舉行的「90年代詩歌論壇」。10月，隨筆集《時尚殺手》（與徐江、秦巴子合著）由花城出版社出版。11月，與詩人崔恕創辦《指點江山》網站（論壇），出任版主。12月，與詩人黃海創辦《唐》詩刊，出任策劃一職。出席《中國新詩年鑑》在大連舉行的審稿會。獲《山花》雜誌年度詩歌獎。

2001

2月，詩人黃海將《指點江山》網站改版為《唐》，應邀出任版主。3月，詩評集《十詩人批判書》（與徐江、沈浩波、秦巴子、張閎合著）由時代文藝出版社出版。5月，澳大利亞昆士蘭州詩人Paul Hardacher（保羅‧哈德克）編輯的《紙老虎》第一集CD詩歌集出版，與其他三位中國詩人共同

入選。凡斯主編的《原創性寫作》第二期出版，成為封面人物。澳大利亞墨爾本La Trobe大學《子午線》雜誌「全球化特刊」出版，是兩位在上面發表詩作的漢語詩人之一。6月，由歐陽昱翻譯的《鳥俑》一詩在墨爾本日發量數百萬份的英文大報The Age（年代報）上發表。7月，編著《語文大視野（初中二年級）》（與秦巴子合編）由山西人民出版社、書海出版社聯合出版。8月，隨筆集《明星臉譜》（與徐江、洪燭合著）由中國文聯出版公司出版。9月，編著《剖開球膽——中國足球批判》由遠方出版社出版。

2002

4月，在網路文學大賽中獲獎。6月，澳洲《原鄉》文學雜誌2002年第八期中國當代詩歌英文翻譯特刊（歐陽昱編輯、翻譯）在墨爾本出版，有二首詩作入選。7月，應邀出席在西安舉行的第8屆亞洲詩人大會。應邀出任韓國《詩評》雜誌「企劃委員」。詩作首次被譯成瑞典語發表。8月，應邀出席第16屆瑞典奈舍國際詩歌節，在瑞典南部旅行、朗誦。7-10月，與妻子老G合作再度翻譯布考斯基。11月，詩作首次被譯為韓國語發表。12月，詩作首次被譯成荷蘭語發表。應邀擔任《詩江湖年選》編委。應邀擔任西安電視臺《紀錄時空》節目主持人。

2003

4月，瑞典「瑞中協會」出版《中國》一書（瑞典語），與北島、顧城一起入選。6月，詩集《伊沙短詩選》（中英文對照）由香港銀河出版社出版。8月，詩集《伊沙詩選》由青海人民出版社出版。該書參展了當年舉行的德國法蘭克福書展。12月，詩集《我的英雄》由河北教育出版社出版。12月，應邀擔任《中國詩歌選》副主編。

2004

1月，楊曉民主編的《百年百首經典詩歌》由長江文藝出版社出版，《餓死詩人》入選。4月，在《南方都市報》評選的「第二屆華語傳媒大獎」獲年度詩人獎提名，在《青年時報》同時推出的另一個版本的2003年度「華語文學傳媒大獎」獲年度詩人獎。3月，應邀出席在昆明舉行的「中國昆明—北歐奈舍詩歌周」。5月，編著《現代詩經》由灕江出版社出版。6月，隨筆集《被迫過著花天酒地的生活》由人民文學出版社出版。7月，應邀出席在烏魯木齊舉行的第9屆亞洲詩人大會。8月，長詩《唐》由澳大利亞原鄉出版社出版。9月，獲首屆「明天‧額爾古納」中國詩歌雙年展「雙年詩人獎」，獲得兩百畝牧場的巨獎，轟動一時。10月，受邀美國塞蒙斯學院等三所大學舉辦的詩歌活動，因故未能成行。12月，由田原編選、竹內新翻譯的《中國新世代詩人》由日本東京詩學社出版，有兩首詩作入選。

2005

2月，編著《被遺忘的詩歌經典》（上、下卷）由太白文藝出版社出版。3月，應邀擔任詩歌漢譯潤色的《倉央嘉措情歌及秘史》由青海人民出版社出版。4月，應邀出席北京印刷學院舉行的朗誦會。應邀赴天津南開大學朗誦。5月，小說集《誰痛誰知道》由寧夏人民出版社出版。接到日本地球社「環太平洋詩人節」的邀請，因故未能成行。8月，應邀出席《中國詩人》編輯部在遼寧舉辦的詩歌活動，順訪京津兩地。9月，隨筆集《無知者無恥》由朝華出版社出版並在北京舉行了首發式。10月，在西安高校首屆詩歌節上做開幕講座。12月，小說集《誰痛誰知道》在國家九部委聯合主辦的「知識工程——中華全民讀書書目推薦活動」中，入選「2005年知識工程推薦書目」。

2006

4月，長篇小說《狂歡》（中文簡體字版）由作家出版社出版。5月，應邀出席在武漢舉行的「或者—平行詩會」，並赴武漢大學朗誦。6月，長篇小說《狂歡》（中文繁體字版）由由雙笛國際事務有限公司出版部出版，在臺灣和美國發行。應邀出席在長沙舉行的「首屆麓山新世紀詩歌名家峰會」。8月，詩集《車過黃河》由美國紐約惠特曼出版社出版。應邀出席在寧夏舉行西部詩歌研討會。9月，應邀出席在河南欒川召開「首屆網路詩歌論壇峰會」。11月，詩集《靈與肉的項目》（希伯來語譯本）由以色列特拉維夫色彩出版社出版。應北師大之邀回母校出席「知名校友作家返校日」活動。

2007

2月，大型電視專題節目《中國詩歌》第二輯二十位詩人的電視專題在浙江電視臺教育科技頻道播出，其中有伊沙專題。3月，當選為樂趣園評選的「2006年十大風雲詩人」。4月，為抗議《中國新詩年鑒》對「民間立場」的背離而退出編委會。5月，當選《羊城晚報》、《詩歌月刊》等多家媒體評選的「中國當代十大新銳詩人」，赴海南領獎。6月，應邀出席第38屆荷蘭鹿特丹國際詩歌節，並順訪比利時。在詩歌節期間，其詩集《第38屆荷蘭鹿特丹國際詩歌節·伊沙卷》以中英文對照及中荷文對照兩種版本由荷蘭鹿特丹國際詩歌節基金會出版；第38屆鹿特丹國際詩歌節受邀詩人詩集《詩人酒店》在荷蘭出版，伊沙有兩首詩作入選。譯者為荷蘭翻譯家馬蘇菲。荷蘭第一大報《鹿特丹新報》發表伊沙代表作《結結巴巴》的荷蘭語譯文，譯者為著名漢學家柯雷。回國後應邀出席京津兩地舉行的民間詩會，並頒發首屆「葵詩歌獎」。日本東京《地球》6月號發表伊沙等21位中國詩人詩作，由漢學家佐佐木久春翻譯。7月，長篇小說

《中國往事》由磨鐵文化有限公司策劃、遠方出版社出版。應邀參加「著名作家采風團蜀道行」活動，重走古代蜀道，拜謁李白故里。8月，應邀出席在雲南麗江、香格里拉舉行的第10屆亞洲詩人大會。

2008

1月，第四本散文隨筆集《晨鐘暮鼓》由山東文藝出版社出版，是其散文寫作最高成就的集中體現。《趕路》詩刊推出千元一詩收購行動，《靈魂出竅》入選；3月，獲首屆光成詩歌獎。為紀念切格瓦拉，英國燃燒出版社推出《詩裡的切》的世界詩選（英語版），編選了53個國家134位詩人以格瓦拉為題材的詩作，伊沙等四位中國詩人入選，漢譯英譯者為澳大利亞翻譯家西敏。4月，應邀做客中央電視臺，並在節目中朗誦其詩《七十年代》。順訪天津，在第二屆穆旦詩歌節《葵》朗誦會上朗誦作品。4月，2007年創作的巔峰大作《靈魂出竅》於有「中國《紐約客》」之稱的《作家》雜誌全文發表，引人注目。7月，由〈手稿〉雜誌舉辦的「伊沙作品專場朗誦會」在西安最大的福寶閣茶樓舉行，伊沙自誦並自釋了《車過黃河》等創作21年的21首代表作。10月，應邀出席北京師範大學與美國俄荷拉赫馬大學在北京聯合舉辦的「世界文學與中國」國際學術研討會，在會上宣讀論文《從全球化說開去：中國當代詩歌》，並在朗誦會上朗誦詩作。出席侯馬詩集《他手記》首發式暨北面詩歌朗誦會。11月，應邀赴英國出席第20屆奧爾德堡國際詩歌節及英譯本詩集《餓死詩人》首發式。是這項英國歷史最悠久的詩歌節邀請的首位漢語詩人，英譯本詩集《餓死詩人》係由英國最權威的詩歌出版社布拉達克西書社出版，是繼楊煉之後第二位在該出版社出版詩集的漢語詩人。在詩歌節期間，英國詩歌基金會《詩報》出版，刊出伊沙詩作及伊沙專訪《天才之言》，並配有大幅照片。英國權威性的《現代譯詩》雜誌介紹伊沙並刊出其詩作多首。12月，

第四部長篇小說《黃金在天上》由磨鐵文化機構策劃，花山文藝出版社出版。12月，獲第二屆新死亡年度詩歌獎暨免費出版個人詩集獎，最新詩集《靈魂出竅》由中國華僑出版社出版。是其出版的第十本中文詩集（另有五本外文譯本）。詩作〈車過黃河被新浪網評為「改革三十年十大流行詩歌」、被深圳《晶報》評為「30年30首」，詩作〈車過黃河〉、〈餓死詩人〉、〈結結巴巴〉同時入選16位知名評論家評出的「當代詩歌虛擬選本」（100首），在入選的篇目上位列第二。12月，應邀出席《趕路》詩刊在廣東佛山舉行的「新世紀詩歌御鼎高峰論壇」。

2009

1月，《無題組詩》（17首）在《十月》發表。2月，長詩〈詩之堡〉在〈上海文學〉發表。5月，應邀出席在西安舉行的第二屆中國詩歌節。長詩《藍燈》（節選）在《人民文學》增刊發表。詩四首入選中華詩歌三千年精選集《詩韻華魂》（現當代卷）。應邀出席在山西晉城舉行的第二屆太行詩歌節。6月，突圍詩社、華語文學網站等17家詩歌民刊、論壇評選的「1999-2008十大影響力詩人」（2009）。西安外國語大學中文學院舉辦「伊沙作品研討會」。7月，詩集《紋心》由《星星》詩歌理論半月刊編輯部編印出版。8月，應邀出席第二屆青海湖國際詩歌節。10月，應邀出席首屆中華世紀壇金秋詩歌節。11月，當選百家網站評選的「2009中國年度詩人」之首。詩集《伊沙詩選：尿床》被列為「大陸先鋒詩叢」（第二輯）之一在臺灣唐山出版社出版。12月，應邀赴哈爾濱出席「天問・中國新詩新年峰會」。長篇小說《迷亂》由磨鐵動漫傳媒有限公司和雲南人民出版社出版。

詩國不堪回首 *月* 明中

2010

1月，獲【御鼎詩歌獎】二十一世紀中國詩歌「十年成就獎」（2000-2009），《無題詩集》由《趕路詩刊》編輯部獎助出版。與秦巴子等西安詩人創辦「長安詩歌節」。荷蘭首席漢學家、雷頓大學教授柯雷赴南開大學開講座《拒絕性的詩歌：伊沙詩作中的「音」與「意」》。詩作入選以色列出版的《世界足球詩選》（希伯來語），是惟一入選的中國詩人。當選「2009明星詩人」。應北京讀圖時代公司邀請主編大型詩集《被一代：中國詩歌十年檔案（2000-2010）》

4月，荷中友好協會所辦的荷蘭語雜誌《CHINA NU》系，在封底刊出〈餓死詩人〉的荷蘭語譯文，譯者為Annelous Sliggelbout（中文名：施露）女士。在西安接受專程來訪的英國青年漢學家殷海潔專訪。6-7月，應《深圳特區報》之邀在南非世界盃舉行期間開設詩歌專欄，以每首詩500元人民幣創大陸最高詩歌稿費。8月，應邀赴湖南衡陽出席「2010衡山詩會」，在會上作主題發言。

閱讀大詩06　PG0629

 詩國不堪回首月明中

作　　　者	伊　沙
責任編輯	黃姣潔
圖文排版	蔡瑋中
封面設計	王嵩賀

出版策劃	釀出版
製作發行	秀威資訊科技股份有限公司
	114 台北市內湖區瑞光路76巷65號1樓
	電話：+886-2-2796-3638　傳真：+886-2-2796-1377
	服務信箱：service@showwe.com.tw
	http://www.showwe.com.tw
郵政劃撥	19563868　戶名：秀威資訊科技股份有限公司
展售門市	國家書店【松江門市】
	104 台北市中山區松江路209號1樓
	電話：+886-2-2518-0207　傳真：+886-2-2518-0778
網路訂購	秀威網路書店：http://www.bodbooks.com.tw
	國家網路書店：http://www.govbooks.com.tw
法律顧問	毛國樑　律師
總 經 銷	聯合發行股份有限公司
	231新北市新店區寶橋路235巷6弄6號4F
	電話：+886-2-2917-8022　傳真：+886-2-2915-6275

出版日期	2011年09月　BOD一版
定　　價	330元

國家圖書館出版品預行編目

詩國不堪回首月明中 / 伊沙著. -- 一版. -- 臺北市：釀出
版, 2011.09
　　面；　公分. --（閱讀大詩；PG0629）
　ISBN　978-986-6095-43-6（平裝）

851.487　　　　　　　　　　　　　　100015406

讀 者 回 函 卡

感謝您購買本書，為提升服務品質，請填妥以下資料，將讀者回函卡直接寄回或傳真本公司，收到您的寶貴意見後，我們會收藏記錄及檢討，謝謝！
如您需要了解本公司最新出版書目、購書優惠或企劃活動，歡迎您上網查詢或下載相關資料：http:// www.showwe.com.tw

您購買的書名：＿＿＿＿＿＿＿＿＿＿＿＿＿＿＿＿＿＿＿＿＿＿＿

出生日期：＿＿＿＿＿年＿＿＿＿＿月＿＿＿＿＿日

學歷：□高中 (含) 以下　　□大專　　□研究所 (含) 以上

職業：□製造業　□金融業　□資訊業　□軍警　□傳播業　□自由業
　　　□服務業　□公務員　□教職　　□學生　□家管　□其它＿＿＿＿

購書地點：□網路書店　□實體書店　□書展　□郵購　□贈閱　□其他

您從何得知本書的消息？

　　□網路書店　□實體書店　□網路搜尋　□電子報　□書訊　□雜誌

　　□傳播媒體　□親友推薦　□網站推薦　□部落格　□其他＿＿＿＿＿＿

您對本書的評價：（請填代號　1.非常滿意　2.滿意　3.尚可　4.再改進）

　　封面設計＿＿＿　版面編排＿＿＿　內容＿＿＿　文／譯筆＿＿＿　價格＿＿＿

讀完書後您覺得：

　　□很有收穫　□有收穫　□收穫不多　□沒收穫

對我們的建議：＿＿＿＿＿＿＿＿＿＿＿＿＿＿＿＿＿＿＿＿＿＿＿

＿＿＿＿＿＿＿＿＿＿＿＿＿＿＿＿＿＿＿＿＿＿＿＿＿＿＿＿＿＿＿

＿＿＿＿＿＿＿＿＿＿＿＿＿＿＿＿＿＿＿＿＿＿＿＿＿＿＿＿＿＿＿

＿＿＿＿＿＿＿＿＿＿＿＿＿＿＿＿＿＿＿＿＿＿＿＿＿＿＿＿＿＿＿

11466
台北市內湖區瑞光路 76 巷 65 號 1 樓

秀威資訊科技股份有限公司　　　收

BOD 數位出版事業部

....

（請沿線對折寄回，謝謝！）

姓　　名：＿＿＿＿＿＿＿＿＿　年齡：＿＿＿＿＿　性別：□女　□男

郵遞區號：□□□□□

地　　址：＿＿＿＿＿＿＿＿＿＿＿＿＿＿＿＿＿＿＿＿＿

聯絡電話：(日)＿＿＿＿＿＿＿＿＿＿＿　(夜)＿＿＿＿＿＿＿＿＿＿＿

E-mail：＿＿＿＿＿＿＿＿＿＿＿＿＿＿＿＿＿＿＿＿＿